True Believer

柠檬的滋味

〔美〕弗吉尼亚·E.伍尔芙 著

刘丽明 译

南海出版公司

新经典文化股份有限公司
www.readinglife.com
出　品

献给玛丽莲·E.马洛

Part 1

第一部分

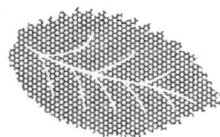

1.

我叫拉芳，今年十五。

小孩画画的时候，
画的人都是一张大大的脸
加上几只伸出来的手臂。
因为那就是他们生活的全部。

后来，
你长大了，
你的一切都变得乱七八糟：
新的想法，后悔的感觉，
庞大的计划，深深的疑虑，
还有与之相伴的
那些走了又来的希望与失望。
难怪，我认不出
自己小时候画的蜡笔画了。
画的好像是我。
是我
又不是我。

2.

在学校开设的那门性教育必修课上，

我们看到了避孕套，被警告染上艾滋病的危险。

他们说："性欲，是一件

最困扰青少年的事。"

我敢肯定他们说得对，

因为班上的孩子都在七嘴八舌地取笑这门课，

挥动着手指上的避孕套，

乱起哄，

而这时我自己的耳朵也伸得老长老长。

这话对，还因为性教育课的老师说了四遍。

可是，我和我的朋友梅蒂和安妮说

最困扰人的事并不一定是性欲。

数学课和其他一些难学的课也很让人困惑；

你们家门口大街上的那些凶杀事件让你困惑；

就连你爱的人也让你困惑。

让你困惑的，还有你信任的人背弃你

由此带给你的那种折磨。

我、梅蒂和安妮能给你举出一千个例子。

你要做的就是当个处女。

这样你就不用担心自己是否会怀孕，

或者怕自己变成坏人，

或者得为留下还是打掉肚子里的胎儿而担忧，

或者今后永远担心

那个婴儿在她或他的领养家庭里

是否健康。

我、梅蒂和安妮，

都想把自己的处女身

留给那个最终成为我们丈夫的人。

要做到这一点，可以有几种办法。

其一就是恶狠狠地对待男孩子，不和他们做朋友，

他们就会离你远远的。

可是我们大家都听说过这么一个女孩的故事，

她不管什么男孩、什么男人都恨，

有一天她在逛一家折扣店时被人强奸了，

她的厄运让人同情。

就是这个女孩，现在总用脊背

在学校楼道里的储物柜上蹭来蹭去，

一双眼睛总是左顾右盼着。

还有一种办法就是参加"为耶稣基督并紧双腿"。

这是梅蒂加入的那个团体的名字，安妮可能也会加入。

为了加入团体，你得熟记圣经的许多段落；

加入了团体，你要是有婚前性行为就得进地狱。

团体常常组织静修，开联欢会、野餐会。

团体里也有男孩子。

第三种办法就是去哪里都不要独自出行。

我心里很清楚，这三种办法对我都不适用。

凶狠地对待所有的男孩和男人？

不行，我喜欢他们。

况且，这个办法对那个可怜的女孩就不灵。

参加"为耶稣基督并紧双腿"乍一听是个好主意，

可仔细一想

就觉得不对劲。

耶稣基督真的想让那个堕落的被强奸的女孩进地狱？

第三种办法自始至终都让我觉得不对头。

无论去哪儿都要结伴？有的时候我就愿意一个人独处。

自己想问题。

我不知道你怎么才能知道从你面前走过的哪一位
是可以做你丈夫的那个人。他和别人
长得完全不一样吗？还是他长得和其他人没有任何不同，
但只有你能认出他来？

我是肯定想让人亲吻我的。
我想知道，被人亲吻时我的嘴里有什么感觉，
被人亲吻后我和以前会有什么不一样，
我的体内是不是发生了变化。

3.

我还要讲一件事。

昨晚我妈让我坐下，对我说：

"维纳·拉芳。 你要记得上大学的计划。"

这可不是问句。她用的是我的全名。

"当然记得。"我的回答令她有些猝不及防，

她训斥我不该用那种口吻跟她说话。

我妈身上有雷达，

她能监测到

我将会出言不逊，或者送上玩世不恭的讥讽。

她也能看穿你是假装疲劳，不想回答她的问题。

对待我妈，你要么全力以赴，要么就老老实实。

我礼貌地回答道："是的，我记得上大学的计划。"

"好啊，你可千万要记住。

我又拿到了一个更好的工作机会，

要是你记住了上大学的目标，

我就辞掉现在这份收入少的工作。

新工作的收入更多，

可以往你的大学基金里存更多的钱。

新工作的医疗保险和牙医也更好。"

她还说那样她晚上得开会，

肯定要处理更多的文件。"我得知道，"她说，

"要是我做出这么大的努力，你能不能让我为你骄傲？

拉芳，你站在我的位置想想，

我得把大多数时间都交给办公室，只有一小半时间在家。

你明白吗？"

我当然为我妈得到新工作而高兴。

这也意味着我可能会有更多的个人空间，

没有我妈在一边紧盯着我，

看我怎么处理事情。

我回答她说："我明白。"

"我看你不明白。

你知道这意味着什么吗？

这意味着你不能做任何

稀里糊涂的

蠢事，

拉芳。"

她看着我，脸上写满了规矩。

我很清楚我妈的那些规矩，从小就知道。

到点上学，按时完成作业，

交可靠的朋友，

放学后去打一份工，

不做错误的决定。

在我妈看来，

我以前去给有两个孩子却没有丈夫的乔莉看小孩

就是一件错事。

可那件错事对我没任何伤害，

我还帮助乔莉从生活的挫折中

重新站了起来。

她的两个小孩太招人喜欢了，我至今还在想念他们。

"维纳·拉芳，你要是出乱子，我可是一点儿都帮不了你。"

我妈的双眼直视着我，

"你有你的事要做，

我有我的事要做。我只有那么点能耐，

到时候可帮不了你。"

此时此刻我真的很爱我妈，

我知道从我出生到现在，

她的生活几乎都是围着我转。

我刚刚想到这儿，我妈又紧接着说道：

"我见过很多年轻人都改变了初衷，

要么忘了自己的生活目标，

要么假装从来就没定过什么目标。

拉芳，你可得长好记性，

你可不能一遇到困难就忘记了自己的目标。"

我说我记住了。

我俩一致认为我会坚守上大学的目标。

我告诉我妈，她对我有多么重要。

我真的认为

我想上大学，我也很在乎我妈。

三个钟头后，我妈又开始了新一轮的说教。

我已经躺在床上了，但还没睡着。

她走进来坐在我的床边，

说道：

"我还要告诉你一件事。

你知道什么事肯定会打乱你上大学的计划吗，

拉芳？"

这也不是一个问句。

她认为我应该知道。我可以想到太多事情，

比如，首先是钱。

或者是街上那些令人恐怖的事件，她被老板解雇，

我的学习成绩不好……

还有人们生活中遇到的

各种各样的灾难。

"那就是你生了个小孩。"我妈说。

"什么？"我吃惊地说道，"那我可不会，绝对不会的。

我敢保证。"

她说："你现在是可以这么说。

可这个誓言是很容易被忘记的。

人是会犯糊涂的。拉芳，你可别犯糊涂，

可千万不能犯糊涂啊！

你懂我的意思吧？"

"妈，"我赶紧说，"我很清楚。"

"人是会犯糊涂的。"我妈接着说道，

"你可一定要把自己的目标锁定在大学上。

拉芳我要告诉你一句话：

人两腿之间的地方，

是会带来最多麻烦的地方。"

这话让我很难为情，不想听她说下去。

"自从你爸爸过世后，

我从未指望过任何人。现在我可要指望你了。"

我跟她说她可以。

我们彼此道了晚安，

我妈离开了我的房间，

也带走了她的依赖、指望和那些警告。

我感到一阵轻松。

我对生活抱着希望，有所热爱。

有时也有让我想不到的事。

过了好长时间我才睡着，

我梦见自己在和什么人跳舞，我不清楚这个人是谁，

他很模糊，

我只记得他用胳膊搂着我。

并且，他喜欢那个真实的拉芳。

4.

我是幸运的，
或许在我出生的时候有颗吉星高照。

我碰上的所有坏事中，
最糟的一件就是在我很小的时候，
我爸爸遇难死了。
这件事就像人们说的那样，是压在我身上的一个重负。
至于对我说来到底有多重，
没有人知道，就连我妈也不知道。

不过，至少我曾经有过爸爸，而且他非常爱我。
在我卧室墙上的那张照片里，
爸爸手里抱着小小的我，
和我戴着一样的棒球帽，
满脸都是幸福的笑容。

还有我的朋友们。这方面我也很幸运。
梅蒂和安妮，她俩和我
一直都在一起。
我和梅蒂曾竭尽全力帮助安妮，

帮她在二年级时渡过父母离异的难关。

后来在六年级时，

又帮她渡过父母再次离异的难关。

梅蒂家涉嫌贩毒，

为此，她常常不想回家。

我们上八年级的时候，

她爸爸进了戒毒所。

这会儿他又进去了。

这一次他跟梅蒂保证永不会再犯。

不过梅蒂不敢相信他，

我和安妮都很同情梅蒂，

可是，这改变不了她的生活。

我的朋友乔莉去年把生活搞得一团糟。

梅蒂和安妮都很瞧不起她。

我努力告诉她们，乔莉也是身不由己。

怀孕不是她的错，

因为她那时太年轻，不明事理。

她一出生就进入了一个危险的世界，

几乎没有机会接触到生活中美好的事情。

梅蒂和安妮在教会干着打扫卫生的活儿。

先是梅蒂，后是安妮，

都被邀请加入耶稣基督团体。

她们瞧不起乔莉，把她看得粪土不如。

后来乔莉成了一位小小的英雄，

尽管她们嘴上从来没说，

可心里知道自己错了。

不过，她俩对我还是一如既往的忠诚，

我对她俩也毫无二致。

这一点，我们无需用任何语言来表示，

我们的关系就这么铁。

不错，我们住的地方，两旁的人行道都很脏，

巷子里臭气熏天，

周围随时都可能发生恶性事件，

比如高中生枪杀同学之类。

只要扫视一下周围的世界，

你大概早上就再也不想起床了。

鸟兽正在绝迹，

鱼虾由于河流受到污染而消失，

就连雨水都有毒。

好在我有这些朋友，

我妈还找了一份更辛苦的工作，

为了让我长大后离开这里。

我的希望就像运动员那样强健，

每天早上经过学校大门的金属检测仪

走进学校时，

我心里都很清楚，这是我走在希望之路上的又一天，

我听着上下课的铃声，

看老师努力地对付那些课堂上的捣蛋鬼。

不过，

每一天都很重要，

都是我通往大学、走出这里必经的一天，

是我必须付出努力的一天。

5.

我还是挺幸运的，有自己的房间，
不像安妮
只能睡在家里的折叠床上。

我的房间是我的私人领地，
房间的天花板上是我自己设计的图案。

我床上那片房顶破烂得像棵老树。
去年暑假的一个雨天，我百无聊赖，
就给这树干画上枝杈，涂上颜色，
还在上面画了一个鸟窝，
里面是一窝探头瞭望的小鸟。
小鸟身上长着细茸茸的羽毛，
一只只就像你在科普展览会上见到的那样大张着嘴。
我上色时用的是小时候的水彩笔，
那是我十岁生日时，姨姥姥送我的礼物。
这套水彩笔，光是绿色就有六种，
里面有许多不常见的颜色，
足够给所有的枝条和树干涂色。
我很得意自己的这幅作品。

可是我妈下班回来看到墙上和屋顶的画时，

惊讶得下巴差点掉下来。

因为她知道自己是租住的房客。

她说道："哎呀拉芳，瞧瞧你都干了些什么呀！"

她努力定下神来，

口里不停地重复着"这可怎么得了""这可怎么得了"。

过了一会儿，她平静了下来。

她开始站在房间的不同角度来审视这幅画：

我的书桌角边，

我的壁柜门旁，

我的废纸篓前，

她还爬上我的椅子贴近了看，

又躺在我的床上从下往上观看。

她闭着嘴一句话也不说，只是不停地转换着地方审视。

最后，她转遍了这间不大的房间，

脸色终于变得平和。

她说："拉芳，不错，

很不错。拉芳，真的很不错。"

然后她又低声说：

"你爸一定会为你骄傲的！"

这话让我喉咙发紧。

这种感觉以前我也有过很多次，

那些时候我在想着，要是能像小时候一样

被爸爸用胳膊搂着，那会是一种什么感觉。

有时候我觉得自己几乎体会到了，

但这种感觉总是稍纵即逝。

我对我妈说了声谢谢！

6.

上体育课前，梅蒂和安妮给我唱了她们团体的歌：
我将我的心奉献给耶稣基督，
上帝的王国将会永驻。
他给了我力量，
耶稣基督保我纯贞洁净。

接下去便是合唱部分，重复唱着
"为了耶稣基督并紧你的双腿"。

她们说要是有吉他和小鼓伴奏就更好听了。
她们的脸让我清楚地知道我还没有得到拯救。
她们俩都系着"耶稣基督爱你"的鞋带，是金黄色的。

我们一起做了热身活动。
然后，我们一起做排球训练。
我们按照老师教的那样，喊着，跳着，
我、梅蒂和安妮之间
一切似乎和从前一样，但我们已经不一样了。
"拉芳，你错过了上帝的奇迹。"
课后淋浴时梅蒂对我说。

我没那么天真，没去问她奇迹是什么。

那奇迹不过就是被上帝拯救了的罪人。

我不想和她们争论。

我能想象冥冥之中有一个什么东西，一个神。

那个莫名的东西在很久很久以前，

在万物尚未存在的时候，

推动地球旋转起来。

我、梅蒂和安妮以前曾讨论过这个问题。

但是她们现在有了新的认识。

梅蒂和安妮说，穆斯林、印度教徒

以及其他各种宗教的信徒都会进地狱，

就像那些罪犯、涉猎性行为的青少年

以及所有还没皈依耶稣基督的部落一样。

凡是不肯遵从上帝写下的圣经的人都要堕入地狱。

她们解释不了上帝是怎样从天上下来写下这些话的。

"拉芳，你是真的不懂！"

普世快乐耶稣基督教会

教会了她们这些。

她们说得不错，我是不懂。

我只想知道上帝是怎么让我爸爸死去的。

上帝为什么还没帮助梅蒂的爸爸
摆脱毒品的恶习？
要是能做到这点，那才叫奇迹呢。

我和梅蒂还像以前一样共用一瓶洗发液。
我们用浴巾擦身穿衣时，
我用眼睛打量着她俩，
心里想着她们加入的那个影响我们友谊的团体。
此刻我真想说："好吧，我也加入你们的团体！"

但是我不想这样做，
因为我觉得不对劲。
我不认为我的纯贞与耶稣基督有什么干系。
我的脑子里对那个马厩里诞生的小男孩
没有丝毫不敬。
但是我不明白他为什么会仇视成千上万的人，
要把他们送进地狱。

我们在穿衣服时，
我像以往一样从后面
为安妮梳理她的头发，
这样她能将头发编成两条非常匀称的辫子。

可是我的心里却想着，
不知道这会不会是我最后一次
拿着安妮的梳子，为她梳头了。
我紧盯着安妮的后脑勺，
从正中将她的头发分成两半。

有那么一刻，我身上直起鸡皮疙瘩。
我真的也想加入她们的行列，
让我们的关系和从前一样。
可是，不知道是什么在阻止我这样做。
如果真有上帝和耶稣基督的话，
我爸爸是不是住在他们的天堂里？
如果没有的话，
我爸爸现在在哪儿？
他能看见我吗？

7.

接着，最意外的事情来了：
乔迪突然回来了，从此我的一切都变了。

很久以前他住在我们这里，后来搬走了。
现在他又回来了，在电梯里惊现。

我们俩小时候，
几乎天天在一起玩踢罐头盒的游戏。
我们互相参加对方的生日聚会，
总把房间搞得乱七八糟，冰激凌洒得到处都是。
有一幕我记得很清楚，
我偷了他的生日纸帽，
那个帽子是蓝色的，我当时非常想要。

我和乔迪
一起受过惩罚。
有一次，我们这栋楼的孩子联手羞辱一个坐轮椅的人。
大孩子把轮椅飞快地推过人行道上的大坑，
我们这些小一点儿的孩子在一旁观看。
的确，观战本身就是不对的。

我妈非常生气，乔迪的妈妈也气极了。

"拉芳，难道你喜欢看别人倒霉？

维纳·拉芳，你喜欢看那个可怜的女人被欺凌？

你还喜欢做什么，嗯？拉芳？"

我告诉她我喜欢用彩笔涂图画本。

她把我所有的图画本都收走了，

也拿走了我所有的蜡笔和彩笔，

一个月都不准我碰。她说：

"这样教训你一下，你就知道了。"

妈妈把这些东西放在她的衣柜里，

我一直等到她把它们拿出来，才又开始涂我的图画。

乔迪也被罚了，一周不许骑车。

别的那些孩子，都没有受到惩罚。

乔迪的妈妈和我妈都教我们玩扑克牌。

我们在乔迪家的公寓里玩红桃心、老处女，

还有双光棍。

我俩的妈妈交换了钥匙，

我和乔迪一人一把对方家里的钥匙，

系在一根小绳上。

这样，要是有什么紧急情况，

我们这些小不点儿就能有个安全的去处。

虽然我们在楼里上过一些自卫防身课，

我们还是得有个能躲避危险的地方。

这是租户契约条例中的规定。

我们俩那时候都用过一次绳子上的钥匙，

为了试试行不行。

他来我家时，

我正在学做花生酱三明治。

我做了俩，他把他那个吃掉了一大半。

我用他家钥匙的那次，

他让我看了他鱼缸里的热带鱼。

那些鲜艳的游水动物有很长的名字，可他全都知道。

我们互换了漫画书，后来也没还给对方。

有一次下雪，学校停课，

我和乔迪玩了两天扑克牌。

然后，他们就搬走了。

现在他们又搬回来了。

而且简直是不可思议的奇迹，我这个儿时的伙伴变了：

突然变成了一位帅哥。

在电梯里，我唯一做得到的事就是说出他的名字。

我说："乔迪？"我怕自己叫错了，

紧靠电梯试图站稳。另外，也是因为

他帅得让人无法直视。

他一开始不记得我，

但很快又想起来了。他说："你很会玩踢罐头盒呢。"

我说："是吗？"

"是的。你的腿特有劲儿。"这位全新的老朋友说道。

"谢谢，"我说，"你的鱼缸里还有鱼吗？"

我很惊讶，自己竟然能用正常的声调，

如此平静地与这样一位帅哥对话。

他的五官排列之协调，

完全可以和电影里的演员媲美。

他的嘴唇移动着，词汇从里面蹦出来，对，

他还有鱼，他把手伸向电梯的按钮，

我看着它，手腕，大拇指，食指，按动电梯的电钮，
他的手臂又回到原位。
我的胸腔里满是怦怦的心跳，脑子无法正常思考。

我的几年就这么过去了，
他却不知不觉地长成了一个无懈可击的帅哥。
在电梯里，我可能问过他这几年都去哪儿了，
也可能没问。
他站在那里，面对面地看着我，
他的嘴型，噢，
我真的无法想象以前见过这样的男孩子，
但是我又知道那张脸的确是以前的乔迪。
走出电梯后，
我立刻靠在墙上。
我的心跳得很响，
脑子也无法正常运转了。

8.

直到我妈回来
我才回过神来。
她并没有对这件事感到惊讶。
她让我记起了乔迪他们搬走的原因。
那时我还太小，没有注意到。
乔迪的妈妈把他从这儿带走，
是想给他创造更好的生活。
"那个女人，没日没夜地给人家收拾房间。
她可是受尽了苦累，掏空了心血。
乔迪就是她的一切。"

我把我妈和乔迪的妈妈做了一番比较。
她俩一点儿都不一样。我妈妈从来
没给别人家打扫过卫生。
她可过不了那种卑下的生活，
她就是不想那样。
"行啊，他们试过了，她交不起昂贵的房租，
他们入不敷出，日子越过越紧。
所以……"我妈把她的文件扔到厨案上，
抓起一块海绵擦起洗碗池来。

她大出了一口气，说道：

"……这不，他们又搬回来了。"

她接着用强调的语气说：

"她是你爸爸死后第一个过来看我们的。

最先来的人。

她给我们送来了一锅意大利面，

把乔迪也带来了，

在这儿陪了我整整一宿。"

我只是隐隐约约有一点儿印象。

也许是我当时没注意到乔迪，

这会儿我的脑子和那时一样懵懂。

我永远也想不出来我妈是怎么度过那些日子的。

"拉芳，你要对乔迪好一点儿。

他们的日子不容易。"

我从我妈那儿就知道了这些，

她还让我对乔迪好一点儿。

可她知道乔迪长什么样吗？

我看着她那张像盘子一样平静的脸，上面没有一丝表情。

我答应一定照办，我会好好对待他。

乔迪回来时，正好是我们新学年开始的时候。

我的心跳得山响。

9.

我妈和乔迪的妈妈
为了我和乔迪的安全，
又交换了钥匙。
她还是面无表情，我几乎都没注意到。
开始的时候，我被乔迪那英俊的样子给镇住了，
什么话都说不出来。
后来我又在电梯里碰到了他。
电梯门刚要关上的那一刻，
他踩着滑板从墙角绕过来，
钻进了电梯。
他来了个急速转身，随手扔给我一个橘子，
说道："喂，拉芳老朋友，
你怎么样？"
他的脸那么鲜亮，充满了活力。

这会儿他就在我眼前，站在滑板上
微微地来回晃动着，
问了我那个问题。

我敷衍地答了几句，

磕磕巴巴的。

没准我说了："嗯，还可以。"

又或许我说了："你太帅了，

看着你我就说不出话了。"

他在他家那层楼出了电梯，

在我的视线里消失了，但又从楼道里伸出一只手挥了一下，

又再抽回去。

然后就没影儿了。

电梯里闻着都是漂白粉的味。

10

我整理了房间，连床底下都用拖把拖过了。
我擦了厨房的柜台，
还刷了浴室的地板。

我把课桌上乱七八糟的东西清走，
留出一块整洁干净的学习空间。
我又把乔迪给的橘子放在上面。

乔迪说我的腿很有劲儿，
他管我叫老朋友，
还给了我橘子。

我脱下牛仔裤，
站在椅子上，
从镜子里看自己的腿。
我前后左右转着看，弯下身子看，
我本来和别人一样，
知道自己的腿长什么样，
现在又重新审视起自己的身体。

我从衣柜里搬出装东西的箱子，

寻找乔迪在这儿时的一张班级合影。

我在箱子里翻找的时候，

觉得脚下的地板变得有点儿奇怪，

好像有种小东西让我犯晕。

在一大堆纸本、小手套、

一件小毛衣和三套夹克下面，

有一个满是旧书味儿的大信封。我在那里

翻出了那张很久以前的照片，全班三十七个同学都在里面。

那会儿我们大概是四年级。

照片上的乔迪是个很瘦小的孩子，

用胳膊搂着那个叫维克多的男孩。

我们大家都很喜欢他。

对了，我就是因为想到维克多才发晕的。

我已经好久都没想起他了。

我觉得房间下面的地板让我心颤。

我赶紧把眼睛从维克多身上移开。

这里有我们的老师，

他让我们做了一个很大的装情人节卡片的盒子，

我们每个人都收到了情人节的卡片和糖果。

梅蒂还把她的糖掉到雪地里了。

那位老师让我们唱了很多歌，《双向悠悠》

《这是你的土地》和《我们一定会胜利》。

她的脸上长着汗毛，

从不高声训斥我们，

即便班上有学生干了很讨厌的事。

上面的好几个小孩都已经离开我们了：

罗比，蒂莫西，

阿努尔福，豪尔赫和夏伊瑞丽。

他们要是还活着，

现在应该十五岁了。

他们也会在路边吵闹，

吃饭，睡觉，洗澡，

领成绩单，

碰上麻烦事。

可是他们没有。

他们都已经不在人世了。

阿努尔福死于家中房子起火，

豪尔赫死于汽车事故，

罗比的死是因为他妨碍了他妈妈的皮条客，

夏伊瑞丽则是在她哥哥的团伙殴斗时

撞在了枪口上。

她的生命又延续了六天，

最终还是因所有的暴力和愚蠢而死。

至于维克多，乔迪最好的朋友，

是个很幽默的人。

他能用乐高玩具做出我见过的最滑稽的装置，

还给它们配上一整套故事。

上五年级的时候，维克多把兴奋剂带到学校，结果被发现了。

我们的老师知道后都哭了。

就是这个我们都喜欢听他讲笑话的维克多，

到六年级时，我们都害怕他手里的刀子了。

就在那一年，维克多死了。他被埋在一块墓地里。

我不知道是否有人去那里看过他。

照片上，我、梅蒂和安妮都在第二排。

我还记得我的那件绿毛衣，是姨姥姥们送我的。

照片上的我们，个个都是可爱的小孩。

维克多和其他几个孩子看上去比谁都活泼，

可是现在呢？

11.

现在我来讲讲漂白粉是怎么回事。

那天晚上，我们附近的一户人家着火了，

不是那种烈焰熊熊的大火。

只来了一辆救火车，没有伤亡。

当时我和乔迪都站在人群里看热闹。

我已经开始习惯他在这儿了，

也能在自己的心跳脱缰前

和他说上一两句话了。

消防队员们进进出出地忙活着，

救火车的红灯不停地闪烁。

乔迪在帮助一个小孩从停车收费杆上

解下系在他的狗的脖子上的绳子。

那只狗的一条腿被拴它的绳子绊住了，乱叫着，

还有救护车的尖鸣，人们的呼喊，

小孩子的哭叫，

都在提醒着你有多么痛恨这个地方。

可这时的乔迪却一边轻声细语地跟狗说话，

一边很有耐心地教那个小孩为狗松绑。

我过去跟乔迪打了个招呼，乔迪也回了我一句。

同时他又把小孩在忙乱中掉下的小帽
给他戴回头上。

我问乔迪他身上为什么会有漂白粉味。
他的脸在救护车灯下闪着光，
他开始给我解释：
因为他游泳，一直都在游泳。
泳池离这儿很远，他得倒两次车才能到。
天气好的时候，他会滑滑板去那儿。
上学前，放学后，周末休息的日子，他都会去。
他还在那儿做保洁工，
清理游泳池，打扫更衣室，
用来支付跳水和游泳训练的费用。

他说他也想上大学。
怎么会这么凑巧？
住在同一栋脏兮兮的楼房里的两个人，
竟然都打算上大学，
要去这里的人从未去过的地方！

乔迪在这件事上比我更贪婪。
他迫不及待地想离开这里。

他对我说：

"这世界上肯定有更好的地方。"

我试着跟他开玩笑："你打算乘滑板离开这里？"

乔迪则严肃地回答：

"我要靠游泳离开这里。"

听到这话之前，他在我心目中只是很帅气。

这会儿又添了一分高大和强壮。

我告诉他："我也决心去上大学，离开这里。

我在攒钱，我妈也在为我攒钱。

我去年就去给别人看小孩挣钱，

我也准备上大学。真的。"

"那太好了，拉芳。"他那漂亮的嘴唇一张一合。

他离我更近了，

我觉得我们好像在什么事情上

结成了同盟。

大学为游泳运动员设立奖学金。

你要是进了校队，

学校就给你免学费。

我从来没听说过这回事，可乔迪说这是真的。

某个乔迪的妈妈为其打扫卫生的顾客，

发现乔迪游泳游得很好，

就把他带到他们的游泳队，让那里的教练看看。

就这样乔迪加入了那个队。

我们的对话都是关于游泳的。

由此我知道了乔迪的作息安排。

安妮对乔迪回来这件事可不怎么高兴。

我知道她是不会高兴的。

因为乔迪做过一件只有孩子才会做的好事。

而安妮一直认为，就是因为那件事，

她妈妈才又离了一次婚。

那时乔迪看到安妮的第一个继父在走廊里爬，

便跑去报警求救。

他们把安妮的第一个继父

用救护车带走了，

还按压他的肚子抢救他。

安妮的妈妈觉得再也受不了了，

她的第二任丈夫竟然醉倒在走廊里，

在小孩子的面前，

然后她就离婚了。

后来，社会工作者到安妮家，

查看安妮的妈妈是否能照顾好

安妮和她的妹妹。

他们还警告安妮的妈妈，要是她再出一点儿错，

她的两个孩子就得被送到福利机构。

这对安妮来说太可怕了。

她喜欢那个继父。

他只不过爱喝闷酒，

打过安妮一次，

并且还不是故意的。

安妮对乔迪给她们家带来的麻烦很气愤。

我们之后再没提起过那件事。

不过，我们都知道安妮的妈妈

在社会工作者那里被记名了，

他们还可能会再来。

梅蒂则正相反，她喜欢乔迪。

在五年级的社会常识课上，

她还和乔迪搭档做了一个课题。

他们那份关于埃及的课题报告做得最好。

报告介绍了木乃伊的大脑

是怎么从鼻子里被吸出来的。

我敢说班上的每一个人，

至少是每一个现在还活着的人，

至今都记得那份报告的内容。

有关木乃伊大脑的报告，实在太让人难忘了。

安妮现在和乔迪上同一门课。

可因为那件久远的事情，

她还是不喜欢乔迪。

她说："我不相信他，他那张脸很善变，

和常人不一样。"

我呢，经常在空无一人的电梯里深吸着漂白粉的味道。

此时，我的整个身体都在震颤。

12.

我上了语法强化班的第一课。

我去年的班主任曾两次告诉我应该上这门课。

九月份刚开学的一天，她在学校 A 翼走廊上看到了我。

她隔着人群对我喊：

"我跟你讲的那个语法强化班，你报名了吗？"

我大声回答："我不知道这门课什么时候开。"

她从人群中挤过来，对着我的耳朵说：

"这门课在放学之后。你得找辅助课程的 B 课表，

上面写着辅导课。

我不知道他们为什么搞得这么复杂。

今天一下课，你就直接去 304 教室。

你告诉老师是我让你去的。那位老师是罗斯博士。

她得在你的选修课卡上给你签字，同意你去上那门课。"

我告诉她，我明白了。"这位老师是医生①？"

她回答："不是医生。

你要坚持上那门辅导课，你不会后悔的。"

我答应了她，然后我们就在喧闹中分手了。

这样，我下课后就去了那个班。我今天两次见到乔迪。

_____

①在英文中，doctor 既指博士，也有医生的意思。

我好像有使不完的劲儿，到哪儿几乎都是一路小跑。

这位罗斯博士个子高高的，很有风度，

穿着一身让人不想跟她较劲的制服，

耳朵上还带着一对闪闪发光的小耳环。

她用眼睛一个一个地打量着我们十三个人，

我们都安静了下来。

她张开嘴说话了。她拖长了音调，慢慢地说，

慢到

我们每个人都不得不把眼睛从她那儿移开。

她说："语——言——"

这个词在她那儿，好像无比的伟大。

她环视教室，看到我们的眼睛都没望着她。

教室里鸦雀无声，

她在寂静中继续用极慢的速度说道：

"把你的心安定下来，将你的思绪收拢，

做好准备来这儿学习。

明天你跨过门槛进入教室里时，

你必须已经做好了学习的准备。"她用长长的手臂

指着身后我们刚刚走进来的那扇门，继续说道：

"今天是第一堂课。今天是课程介绍。"

她用一种居高临下的眼神看着我们。

"这门课属于课后辅导类课程。

但请不要因此被误导。

在这门课上谁也别以为你可以什么时候想来就来。

谁也甭想等情绪对了的时候，

才想到来上课。

谁也甭想拖拖拉拉，不做作业。

现在我来问一下：年轻人，你为什么选这门课？"

她的眼睛直视着一个蜷缩在那里的男孩。

"我想当参议员。"那男孩回答道，

声音小得几乎没人能听见。

她用眼睛巡视着我们，察看我们的反应，

我们坐在那儿一动不动地听着，

没人有任何反应。

我可不想让那双眼睛对着我。

"你呢，这位年轻的女士？"

她的眼睛看着我身后的一个女孩。

"我上这门课是因为我想在电视机前流畅地讲话，

我想到电视台工作。"

"你呢，这位年轻的男士？"

这回她问的是我前面的一个男孩。

"我想提升自己。"男孩说道。

此时没人会在听到这个回答时发笑了。

这位老师已经用她的语调，

让我们绷紧了弦。

她的眼睛终于瞟向了我：

"你呢？"

我用小得可怜的声音答道：

"是我去年的老师叫我来的，

让我提高语法成绩。"

罗斯博士深深吸了一口气，她的夹克都跟着涨大了一小圈，

她说道："我们在这里，

有各种各样的障碍要克服。

现在开始上课。"

"名词为世界上的人和物冠以名称，形容词给它们定性，

动词是人们用以记录宇宙万物诸项运动

的一种微小的努力，

而前置词则是在注释世间各种现象之间的关系。

你们中有人懂得我在讲什么吗？"

我轻轻地摇了摇头，

看到教室里的其他人也和我一样在摇头。

"好吧。"她说。

她要我们为这门课准备一个专门的笔记本，

里面不许掉出

任何零散的纸片。

我们的作业必须用钢笔或圆珠笔做，不能用铅笔。

她给了我们一张句子分解图，

上面标满了斜线和枝杈。

她宣布：

她用来授课的时间

占每堂课的四分之一；

再用四分之一的时间结对练习；

然后用四分之一的时间，四人一组进行语法训练；

最后四分之一的时间用来测试学过的内容。

"我们现在从人称开始。

你们有多少人知道人称是什么意思？"

没一个人举手。

"你们今天走出教室门之前，

必须懂得'这是我'和'那是他'。"

接着她给了我们每人一个单子，上面写着：

我，我的，作为接受者的我；

你，你的，属于你的，作为接受者的你；

他，她，它，他的，她的，属于她的，它的，作为接受者的他，

作为接受者的她，作为接受者的它。

她教我们怎么记住这些，

并要求我们第二天就得知道

在接电话时该怎么告诉对方你是谁，

彼此介绍时怎么指代，"那是她，这是我"，

而且每次都要正确使用人称。

我的练习伙伴是露娜。

她也是由一位老师推荐来上这门课的，

那位老师说露娜要是不上大学，

不想办法改善她的境遇，

就不会知道她自己有多特别。

我们结对练习着，不停地出错，

罗斯博士在纸上标出我们的错误。

让我们过后重做一遍。

这样每练习一阵后，我们会有三分钟的休息时间。

这种练习把人弄得头昏脑涨。老师知道这点，

她字正腔圆地对我们说：

"有些人会找出种种理由

不来上这门课后选修。

你们能找到其他想干的事，

能让你立刻感到满足的事。

剩下的人会在这里艰苦奋斗，

在知识的学习中得到升华。

我要告诉你们，如果你选择留下来学习，

你一定会变得更高大。"

她又深深吸了一口气说：

"在这个教室里坐着的

只是整个学校学生的百分之一。

要记住你们是那百分之一。 再见。"

她挥动了一下她那长长的手指，

示意我们从座位上站起来离开教室。

我们走了。

刚一出教室门，

我和露娜还有另外四个人翻着眼睛，

悄声笑了起来。

我们沿走廊走着，

一点儿声音都没出，可是我们六个人都跌跌撞撞，

笑得前仰后合。

大家都尽量不让鼻涕流出来，

就连其中的两个男孩也是如此。

我和露娜达成协议，

我们还会接着上这门课。

13.

唉，我原来的计划
现在看来可真的太渺小了。
那时我还是个小姑娘，那个计划看起来好大好大。
我要上大学，
我要找份工作，离开这里，
我不要住在垃圾成堆、臭气熏天的街道上，
我不要与那些可恶的罪犯为邻，
我不要听到枪声。我也想有朝一日结婚，
再生个漂亮的娃娃。

我的计划就像这幅小孩子的画：你懂了吧？
只有一个不成比例的大头和伸出的长长手臂，
浑然不知自己在哪儿。
现在这幅画被添上了应有的部分。

我房间里的书架上摆满了学校的书。
那书架我早就有了，
从我上五年级，
第一次想到要上大学的时候开始。
我妈在路边找到了这个

被丢弃的三层书架，把它拖到家里。

她用钉子把中间那层松动的板子钉好，

我们俩又给它涂上鲜亮的蓝色，那是我的主意。

这是我有生以来漆过的第一件家具。

现在这书架上的书已经挤得满满的，

没有余地放我的新笔记本和文件夹了。

在电梯里见到乔迪后，那股兴奋劲儿

激起了我收拾房间的欲望。

我把这些本子和文件夹整整齐齐地摞成四摞，摆在地板上。

地上放着文件夹，

天花板上有一个鸟巢，

我的房间差不多是我想要的样子了。

我想到梅蒂和安妮正在离我远去，

我也记得

我们仨躺在我的床上，

欣赏天花板上的鸟儿和树叶，

梅蒂说她也想让我给她的天花板画一幅画，

只是一直没想好要画什么。

没准画一片海滩？可是，我觉得我没法把海浪画好。

至今我还没给梅蒂画过画呢。

现在我怀疑是否还有机会给她画画了。

如果她们离开我的生活圈，完全变成耶稣基督的人，

我是不会加入的。

现在的情况是：乔迪在我的心里

引发了一股无法遏制的兴奋。

他的出现点亮了那片丑陋的住宅区，

同时也加剧了梅蒂和安妮与我渐行渐远的痛苦。

不过我们仨在体育课上还是玩得很开心。

除了科学课，体育课是唯一一门我们共同参与的课程。

在体育课上，我们之间的感觉仿佛与从前一样。

我想这大概是因为我们总在蹦着、跳着，

而那种感觉也许是一种假象。

与此同时，我有点儿想对某个神灵祈祷，

希望梅蒂的爸爸能成功地走出戒毒所，

不再沾染毒品，

照顾梅蒂长大成人，完成学业。

尽管我并不知道

在宇宙中、我的脑海里，或是其他什么地方，

是否真的有神灵存在。

我在祈祷中还加上了一个愿望，那就是
让乔迪也能像我喜欢他那样喜欢我。

我的计划中又加上了语法课。
我的语法课小组中
有露娜、道格和阿楚勒。
他们都比我高一年级。
我们的语法练习还挺有意思。
阿楚勒把它变成了一个游戏。
他让我们每个人带一顶帽子来上课。
我带来的是我妈的太阳帽，
上面有一条泛紫的粉红色飘带。
道格带来的是牛仔帽。
阿楚勒拿的是建筑工地上那种硬盖的钢盔。
露娜带来的是写着"女人"两个大字的棒球帽。
做语法练习的时候，我们都戴着自己的帽子，
不知为什么这还真的能让我记得更牢。
我们将小组命名为"大脑细胞"，我们会开例会，
聚会后还有个小仪式，我们四个人会把八只手
叠在一起。我很喜欢这个小小的俱乐部。
要不是我来上这门课，我都不会认识这些人。
我偷偷告诉露娜我想拥有她那样的腿。

她偷偷告诉我她想拥有我这样的腰。

我们幻想着要是能彼此交换就好了。

阿楚勒就是那个第一天在课堂上

说他要提升自己的男生。

我得说，他能这样直白地大声说出自己的想法，

真的很不简单。

要是换了其他任何一门课，

大家就会以此攻击他。

我们开始学习假设句。

"拉芳，要是你能把你的腰拿下来放在我的身上，

那就好了。"露娜造了一个句子。

我回答道："我要求你必须将你的腿装在我的身上。"

道格和阿楚勒接着说道，

女孩子从来就不会对自己满意。

露娜说："我们可不喜欢你们这么

关照我（主格）和拉芳。"

话音未落，老师就过来了。

她用磁铁般的声音纠正道：

"关照我（宾格）和拉芳，这是宾语。"

她的音调让我从此再也忘不了这个句法。

我的计划还是一如既往。只不过现在变大了。

即便我有一段时间不去想它，

但还是会回到这里，那就是上大学。

这个计划现在变得更明确了，因为乔迪的存在。

有时我走下校车，

会碰上他踩着滑板过来："嘿，拉芳！"

他像一面彩旗一样从我面前飘过。

他会让我戴着那顶语法课的帽子转过身，

然后告诉我那帽子我戴着很好看。

哎呀呀，我当时真是手足无措。

冥冥中一定有个上帝或什么人

将乔迪送到我的生活中来。你不觉得吗？

晚上我自个儿做着语法练习：

这串公寓的钥匙属于我（宾格）和乔迪。

绝对不能说"我（主格）和乔迪"。

我们（主格）小孩玩踢罐头。

绝对不能说"我们（宾格）小孩"。

我每天能见到乔迪两次（复数）。

绝对不能用单数。

我还从慈善商店找到了一本相当不错的字典，

里面只有三页缺损，

而且这字典也不像那儿的其他东西，它没有什么霉味。

字典上标注着"大学生用"。

我睡觉前眼睛看着书皮上的

"大学生"这几个字，

将我的双手高高地举到空中说："我一定要当大学生！"

14.

到目前为止，
我的计划中唯一缺少的东西就是一份工作。
我去年的那份工作，尽管我妈从来都不喜欢，
可事实上，给乔莉干活对我很有益处。
我帮她照看杰瑞米和吉莉，
那是两个从天而降的孩子，
他们既招人喜欢，又乱得可怕，
同时我也与他们那被人抛弃的妈妈交往。
任何人看到乔莉的境遇，都会明白为什么千万不要怀孕。

今年我需要一份工作。它不能占用我太多时间，
又必须能挣到钱，要存到用来上大学的账户里。
我的账户一直在增值，
也有一点点利息。

所以，我又走到了张贴工作广告的布告栏前。
这已经是开学后的第二周了。
我没有本事能像乔迪那样在游泳池找到活儿，
但总有一些工作我能干。这里"工作"应该用复数。
广告牌上贴着很多清洁工的活儿、

油炸食品的活儿，还有办公室的小时工、

市场问卷调查员的活儿等等，

一共有二十来种。

在众多广告里，我的眼睛落到了一张名片上。

名片的周边用蓝线圈着，

上面印着一个坐轮椅的小孩，

名片也剪成这个小孩的形状，

印着"儿童医院"几个字。

我的心抽紧了一下。

我将上面的电话号码记了下来。

我给他们打了电话，他们问了我一些问题。

我放学后到山上去面试。

这所医院很大，医院过道里都是小孩的画和动物雕塑，

还悬挂着许多木刻的小鸟。

那电梯像一个大房间，我坐到了十二层。

面试的办公室墙上，

有一排排儿童的手印。

面试的女人问我，

我是否能做到办事负责、上班准时、

注意细节，我的回答都是肯定的。

她盯了我一会儿，

问我："你真的喜欢小孩吗？"

我给她讲了去年照看杰瑞米和吉莉的事。

她对我说：

"我们医院里的每个孩子，

都是世界上最重要的孩子。

他们中有一些人会在这里去世。

我们做的每一件事都至关重要。

有的孩子要做肝脏移植，

有的孩子要做脑垂体瘤切除手术。

他们在这里活着，去世，留下，离开。"

我告诉她我会尽最大的努力做好我的工作。

他们聘用了我。

虽然我只是在洗衣房工作，但这份工作非常重要。

我要做的是将洗完的被单叠好、摞起，再送到需要的地方。

我的脑子里总是漂浮着一幅画面：

小孩子们躺在这些洗干净的被单上。

所以我总是把被单叠得整齐漂亮。

我觉得自己在做某种善事。

叠被单显然算不上是世界上最好的善事，
但它也是善事。

我的心里充满了喜悦。
乔迪回来了，他那么帅，而且还喜欢我——
我得为别人做点儿好事，要不然我的心就要爆炸了。

15.

我们一起去取梅蒂的猫。

耶稣基督教会的主教牧师做了一次关于宠物的演讲。

他说如果你想爱一个人，或睡觉时有个伴，

最好的选择就是养一只宠物。

他那个分部的教会成员无一例外都举手表示

要去领养一只猫或狗。

拯救动物中心里有很多被遗弃的动物，

如果无人认领，它们的命运就只能是安乐死了。

梅蒂挑选的那只小猫有着橘黄和白色的条纹。

她皮毛光滑，双眼凝视着你，是一只喜欢撒娇的小母猫。

梅蒂还得到一张免费给猫做绝育手术的单子。

我们把一个小盒子收拾好了，给小猫当住处。

梅蒂向这只被她称为"桃子"的猫介绍了她的家。

梅蒂的继父去了戒毒所，

一切都静悄悄的。

安妮没法也去领养一只，因为她的妈妈对猫过敏。

我倒很想有只猫，可我受不了猫的味儿。

况且，我住的楼里猫味太浓了，

直让人恶心。

我很高兴我们一起去了动物救助中心。
这让我觉得好像又回到了小时候，
我们又矮又小，但总是满怀希望。
我们那时常常带着孩子的渴望，
去宠物店看小动物。

整整一个下午
我在说话的时候都没提乔迪这个名字。为了安妮，
我一直憋着。

我看着她们的眼睛，
希望自己有本事让大家聚在一起，彼此喜欢，
像我记忆中的那幅画面。
我觉得和两个老朋友在一起时，
不应该紧闭着嘴巴，这很不自然。
我们把小猫安顿好，它不害怕了，
时间也到了，大家该各干各的事了。

"对了，我们得准备开团体的例会了。"
梅蒂说道，"拉芳，太遗憾了，你不想来参加我们的团体。"

她们俩系着同样的鞋带，挂着同样的钥匙链。

我赶到医院叠被单，
心里想着，比起医院里那些孩子遇到的问题，
我的问题太微不足道了。
干完活，回到家，
我躺在床上，
蜷着身子，用胳膊抱着枕头，
假装是在搂着乔迪。
望着天花板上的树和鸟窝，
脑子里想着乔迪，我心里一会儿酸楚楚的，
一会儿甜蜜蜜的。
就这样，我折腾了好长时间。

我在汽车站碰到乔迪，
在电梯里碰到乔迪，
或者与他一起走进校门时，
我常常在人行道上偷偷看他，
跟他说话时语无伦次，
胳肢窝直冒汗，
我不知道这一切都对吗？

还是，我把自己关在房间里会更好些？

要是他用胳膊搂住我，我会怎么样？

我想不出答案。

于是我爬起来，吃了晚饭去做作业了。

16.

他们给我的科学课换了一个班。
辅导中心的一个男人来教室和我的老师说了几句话，
接下来，两位老师都对我说，
我应该去另一个教室上课。
这个班的课的确太容易了些，课堂也很混乱。
可是梅蒂和安妮都在这里，
而且，这几乎是我仅有的和她们在一起的机会了。

突然间，我必须立即懂得细胞是怎么分裂的，
还要在纸上把它们的结构画出来，
包括染色体的排列方式。
说实话，以前我从没听说过细胞分裂，
也没见过那么漂亮的图案。
不过，我可不要把真实感受表现在脸上。
在这个新教室里，我一个人也不认识。
可是他们给我配了一个实验搭档，
他和我一样，在班上谁都不认识。
他也是刚刚转过来的。

他叫帕特里克。

他戴着一副眼镜，穿着绿色的运动衫，

说话慢条斯理。

他在笔记本的角上写了几个字，

然后把本子推到我面前：

你是新来的，

我也是。

我们怎么办？

我草草地在他的话下面写道：

认认真真听课。

老师说："拉芬，你以前从没看过这本生物书？"

我告诉她没有，还说我的名字叫拉芳。

她说："哦，拉芳，你得赶一赶。

你得一直看到这儿。"她用手指翻到书中某一页，

"星期二测验之前，你必须学会细胞分裂的知识。"

她盯着我的脸，又换了一种语气：

"好吧，"她让我看她用手指着的地方，

"你就先看到这儿吧，剩下这些留到"——

她从手腕上摘下一条皮筋，

用皮筋套住那几页接着说——

"留到下星期你再看。"

我跟她说谢谢。

她问我是从哪个班转来的，

我告诉了她。她说："好吧，我们看看你能否跟上。"

我环视了教室一周。

他们脚上的鞋都和我原来那个班的不一样。

这些人我也都很陌生。

就连他们头发上洗发水的味道，闻着都不一样。

这里的显微镜和其他教学仪器都没有破损，

老师在教室里来回走动，为我们提供帮助。

帕特里克给我讲解了他已经弄明白而我还不知道的东西，

比如什么叫前期，什么是中期。

辅导老师跟我解释说：

"拉芳，你的课程注册表一开始让我们有点儿摸不着头脑。

你是想完成上大学需要的所有课程。

可我们不知道，至少是开始的时候不知道。

但是，现在我们弄清楚了，我们知道了。"

我很高兴他们弄清楚我的情况了。

我问他怎么会弄错，

他说他也不知道怎么回事。

那位男辅导老师告诉我，要是有什么问题，

可以到辅导员办公室去找他。

我一点儿也不明白他的话是什么意思。

但是我想知道：

如果我像他说的那样，在这个新的班里取得了好成绩，

将来我是否会生活得很好？

我能上大学吗？

并且有朝一日和乔迪结婚？

这些问题都不是老师能回答的。我自己也明白。

我心里在想：可怜的梅蒂和安妮。

幸运的帕特里克，幸运的我。

不过，她们有耶稣基督。

我有我的新班级。

三亿五千万年前，昆虫有了翅膀。

鸟的骨骼结构像蜂窝一样。

人类百分之九十八的基因和猿猴相同。

小杰瑞米，我去年照看的可爱的小男孩，

他的神经触觉早就形成了。

他那时只有三岁。

科学太神奇了。帕特里克甚至说科学很美。

有一件事千真万确：这个教室里很安静。

你想听老师讲课时，你就能听到。

我觉得就连灯泡的瓦数都更高一些。

17.

帕特里克聪明极了。他对我们的实验结果

做出了两种不同的解释。我问他哪种是正确的。

他回答说："这要看你怎么理解。"

我还没见过哪个十五岁的人能像他这样谈吐。

话说回来，他有点儿过分友好了。

生物课的第一个星期，

他就帮我把书拎到教学楼的 D 翼。

我们得在那儿分别走上不同的楼梯。

这有点儿太可笑了。我告诉他。

他说："我知道。可我就是想帮你，行吗？"

他的声音里没有我认识的许多男孩子的那种不友善。

他讲话慢悠悠的，语调很悠闲。

不过，他就是有点儿过分友好。

我至今还没见他穿过不一样的运动衫。

可他的脖子上每天都挂着一条带有耶稣十字架坠的项链。

尽管他学东西比我快，

却不怎么擅长拼写单词。

他每天下午都要回实验室做一些额外的科学课作业。

我没让他帮我拎书，我自己来。

就在同一天，我在生物学的课本上读到了

"心房颤动"这个词。乔迪滑滑板从我身边经过的时候，

我的心跳就是这样的。

18.

捐赠食物的电光舞会就要来了。
走廊和洗手间里到处张贴着海报。
我以前从来没参加过正式的舞会。
去那种舞会，你得穿上漂亮的裙子与男孩子结伴跳舞。

我简直没法想象这件事。
我现在有了和我住在同一栋楼里的"新"老友乔迪，
他每天和我一起上学；他经常在我没有防备的地方，
留下那股漂白粉的味道，
比如我正在排队吃午饭的时候，这味道会忽然扑鼻而来，
弄得我连招呼都不会打了。

海报说舞会晚上十点钟开始，到时候所有的灯都会熄灭，
大家要一起打开手电筒。
想象一下，那些手电筒的光会有多亮呀。
我想象我和乔迪一起摇动手电筒，
欢笑着，开心地玩着。

要是他邀请我和他一起去舞会，
我可一点儿都不会羞怯。

关于食物方面的安排，是你必须带一盒罐头食品送给穷人。

附近有很多比我们还穷的人，

所以我们常有为穷人捐食品的活动。

有人说，我们给穷人送食品，

只不过是让他们有更多力气去买毒品罢了。

但我们仍然坚持食品捐助活动。

在儿童医院，

我已经见过三个母亲是吸毒者的小孩。

没准那些怀孕的吸毒女性会收到我们捐赠的食品。

如果你不参加捐赠食品的活动，

这些人要吃什么呢？

我一想到和乔迪一起参加舞会，心里就极其兴奋。

就是让我带五十个罐头我也会去的。

我以前从没约过会。

我在笔记本的封皮上用花体字写满了

"乔迪，乔迪，乔迪"，字头字尾还拉出许多弯弯曲曲的笔画。

乔迪，有舞会，我们可以一起参加。

19.

梅蒂和安妮压根就没想过要去舞会。

她们的团体那天晚上有聚会，

她们俩很兴奋地期盼着。

那是他们教会举办的排球联赛。

耶稣基督教会的许多俱乐部都会来参加这场联赛，

他们还会放一场电影，名叫《今日的信仰》。

很多小型乐队、歌手和灵魂得到拯救的人都会去那儿。

那儿会有好多吃的东西，大家都带上睡袋在地板上睡觉。

上帝的女孩们睡在一个大房间，

上帝的男孩们睡在另一间。每个房间都有成年人监管。

我想找到一件既正式又特别的裙子。

我知道梅蒂和安妮为了那天晚上的活动买了新睡衣。

她俩还得到了耶稣基督的枕套。

她们不停地劝我和她们一起去。

对此我真的心存感激。

不过，我也一直建议她们

和我一起去捐赠食物电光舞会。

或许我们现在真的没法做朋友了。

梅蒂把她那条纹猫的照片

贴在储物柜的门后。旁边是一张很大的贴纸，
写着"我走在通往天堂的路上"。

那小动物的身子已经比刚领回来时大了一倍。

20.

在 A 翼走廊里，

我看到一堆孩子

站在那幅电光舞会的巨大海报前。

海报上贴满了为舞会做广告的罐头食品标签。

就在同一刻，我看到乔迪也站在他们中间。

他的头不偏不倚，

正顶着画上那个举着豆子的绿巨人的脚。

我立刻停住了。

我的心一下子提到了嗓子眼儿，

好像有一道道火热的冰流从手指尖到脚底，

在我身体里穿梭。

乔迪正在同一大帮女孩和男孩

有说有笑地谈论着什么秘密的事情。

我突然停下脚步，在人流中引起了一阵混乱。

我的脑子迅速膨胀，想要马上成为他们中的一员，

听清他们笑话中的每一点内容。

我自己都很惊讶，我会一下子变得这么嫉妒。

乔迪这会儿没准正在邀请其中一个女孩

一起去参加舞会呢。

我的头像着了火一样。

我也可以像他们中的任何一个女孩那样，

对任何一个可笑的话题发笑啊。

我虽然听不见他们在说什么，却一直站在那儿，

直到后边的人群把我挤进

生物课教室。

我把书放到帕特里克那摞书的旁边，

翻到介绍林奈

在两百年前怎样界定物种并为其分类的那一章。

我在脑子里不停地重复着：

线粒体，细胞质，大学，大学，大学。

我翻开染色体的部分，

帕特里克已经在画

真核生物及原核生物的示意图了。

他用他那慢悠悠的语速，悄声对我说："嘿，拉芳，

有舞会你知道吗？

你去吗？和我一起去怎么样？

那个捐赠食物电光舞会，

你想去吗？"

这是平生第一次

有人约我

参加社交活动。

我本应该高兴，

可心中的希望却因难言的失望

打了折扣。

邀请我的人只是我的实验搭档，

而不是一个真正想要约会的男孩。

我知道我得给帕特里克一个答复，

他睁着明亮的眼睛

正等着呢。

我怎么才能告诉他呢?

我翻动着书页，翻过了该读的部分，

又翻了回来。我又看了看帕特里克翻到哪页。

时间在流逝，

他还穿着那件绿色的运动衫。

我觉得他有点儿像横在路上的一块巨石，

让我犯难。

"嗯，我想我得和别的人一起去。"

这话很不近人情，而且也不是真的。

我继续低着头，看着我的书，

整个人六神无主。

我身上所有的二倍体细胞，

所有的染色质线，

都想去参加那个舞会。

可我希望帕特里克要么是那种可以约会的人，

要么就走开。

帕特里克说了声"啊"，就低下头

开始看他的实验笔记，再也没抬起头来。

21.

乔迪，有舞会，我们可以一起参加。
他要是压根不知道这个舞会怎么办？

一天晚上，我在医院叠完床单后回家，
正赶上乔迪回来。
我听到了他的滑板声，接着
他在电梯关门前滑了进来。
我胳膊上的汗毛马上竖了起来，嗓子也一阵发紧。

他见到我高兴吗？高兴？不高兴？高兴？我不知道。
在这双神秘的眼睛前，我怎么可能找到恰当的语言呢？
我问他："你游那么久，不累吗？"
他把脸对着我说："啊，累，我挺累的。
我想打破自己的蝶泳纪录，
还真累呢……
不过，我有决心。人是需要决心和毅力的。
我想离开这里的生活环境。"他太帅了，我没法跟他说话。

"我也是。"我只说了这几个字，
嘴巴就干得说不出话了。

我能感觉到一股难闻的口气在往外涌。

在你觉得不安的时候，也是口腔里的细菌最兴奋的时候。

他继续说着，可能根本没注意到我几乎就没回答。

他说："你得有目标，

有毅力。你必须要有这两样东西。"

我开始讲，他真聪明，能把问题想得这么透彻，

可电梯马上就到他家那一层了。

他说："不过，游泳之后，

饥饿是最主要的问题。

我能吃一百块巧克力饼干。"

他滑出了电梯，说："再见，拉芳！"

便没影了。

这个满是伤痕的破烂电梯，

四壁是不堪入目的涂鸦，

有些按钮已经完全坏死。

你不禁要为它的丑陋而难过。

但是，电梯里全是他和他那好闻的漂白粉味。

乔迪，有舞会，我们可以一起参加。

22.

今天是医院的发薪日，我下了班
就去慈善商店了。

我对慈善商店熟悉极了。
那里的两位店员给我讲了
很多他们家里的事情，
包括他们的遭遇和麻烦，
以及他们孩子的不幸境遇。你能看出来
他们生活很贫困。就连他们的皮肤都显示出这一点。
他们常常把我可能会喜欢的衣服留给我。

这一次，我只是去看看，真的只想看看。
有些时候，你就是运气好。
我刚逛完第三排衣架的一半，
就看到一件连衣裙。它搭在别的衣服上，
显然有人把它拿出来看过，
又放下了。

这件连衣裙太适合我了：深蓝色带小碎褶的丝绒料，
上半部分还镶着一些小花边。

这颜色正是我想要的，材质我也喜欢。

它没有旧衣服的那股味儿。

我把它拿进了试衣室。

那里面的地板，

只有鞋底可以碰。

你不知道上面都寄生着什么微生物。

你得把所有东西都放在胳膊上。

我穿上连衣裙的样子，

和想象中的一模一样。

只不过，有个地方有食物留下的污渍。

后面还有几处需要缝上几针。

嗯，我要不要立刻买下来呢？

我有钱，正放在我的背包里。

可转念一想：要是我买了这件连衣裙，

乔迪没有邀请我去跳舞，

那它就只能在我的衣柜里挂着了。

要是我不买这件连衣裙，而乔迪又邀请我去跳舞了，

那时再来买，它就有可能已经被卖掉。别的什么人

就可能在那天的舞会上穿着它。

人们在商店里进进出出，

低声咕哝着，嗅着，笑着，

与陌生人闲聊着。

我在那儿反复琢磨着。

最后，我还是买了。付款时，

我在心里告诉自己，就假装我是在一般的服装店里买衣服。

他们把连衣裙放到袋子里，

我提着它走了出去。

我已经想好了，

我要去借安妮那双我试过的鞋。

这样我参加舞会时就万事俱备，

只差一事了。

回家的路上，

我不时地在梦幻中神游，

想着我们俩一起跳舞，

他穿着一件我从未见过的夹克，

舞厅灌满音乐，简直是跳舞的天堂。

还有，他会怎么吻我。

那些幻觉不时地袭来，

让我无法专心准备第二天的生物课考试。

不过，我用海绵蘸洗洁精清洗连衣裙时，

倒是记住了酶和葡萄糖的公式。

帕特里克的考试成绩比我高出三分，

我能感觉到那个辅导老师

在脑子里问我，为什么没能像上周那样得满分。

我挪了一下实验室的板凳，咬着嘴唇盯住书页，

直到嘴唇发疼。

帕特里克给我讲解错题，

好像什么事也没发生过；

好像他没邀请我去跳舞；

好像我没对他说那一半是谎言的话；

好像一切都一如既往。

我们要开始做一项新的实验。

我们要把蕨菜的孢子放在百事可乐瓶里，

观察它的世代交替。

老师走过来，

检查我们做得是否正确。

她说我今天的测验成绩下滑了。

我把身子靠近孢子，

感到她的目光穿透了我的后背。

我不愿意看帕特里克的样子，

他蜷缩在那里写实验报告，

一下笔就写了好多错别字。

他显然不是只有一件上衣，现在他换了一件棕色的。

23.

乔迪好像知道舞会这件事了。
一大早，在校门口的
金属检测器附近，
他过来邀请我了——他来邀请我了——
"嘿，拉芳，你想和我一起……"
我的脑子里马上浮现出自己穿着新的连衣裙，
脚蹬安妮那双鞋的样子。
我已经准备好走进他的怀中——
"今天去游泳池吗？我得练习救生，
为了当救生员。我需要做救生训练。"

我的嘴里早已准备好了"去"这个词，
它一下子就蹦了出来，同时我的头也使劲点着。
就这样，我突然要去游泳池了，
在那儿要几乎裸着身体与乔迪在一起，
他会看到我的整个身体了。

很久以前的一个夏天，
在城里的一个巨大的游泳池里，我们四十个孩子
一起上游泳课。

救生员吹着哨子，

把我们编成小组。

太阳晒得地面都发烫。

我们那时还是一帮叽叽喳喳的孩子，

有的胖乎乎，

有的瘦得连游泳衣都贴不住身体。

我们全在水里扑腾着，时不时呛口水。

我们在哨声中努力学着怎样正确地摆动胳膊和腿。

你要么就沉底，要么就得游起来，

那一池亮闪闪的水有三英尺深，

对我们这帮孩子是很大的挑战。

他们教我们的每一个动作，

乔迪都是一次就学会了。

他们还让乔迪给我们示范正确的呼吸方法和腿的动作。

此时，那个夏天的场景在我脑海里闪过：

那些水泡，那些闪光，那些喊叫，

以及头一次体验到水的浮力，

被水托起来的那种奇妙感觉⋯⋯

现在，我要带上那种红色的大漂浮圈，

给他当救生训练的搭档。

我们都几乎要成为大人了呀。

他可以去找那天我在走廊里见到的

某个和他一起谈笑风生的女孩。

可是，他叫了我。

"你不介意弄湿身体吧？"他问道。

他的问话让我立刻觉得浑身软绵绵的。

我当即决定向梅蒂借她的绿色游泳衣。

她的比我的要新一些。

乔迪，有舞会，我们可以一起参加。

我和梅蒂利用午饭时间去了她家一趟。

我跟她的小猫"桃子"打了招呼。

梅蒂的继父也在。他从戒毒所回来了，和以往一样静静地

守在电视机前。

那个男人可真需要一份工作。

他就像是沙漠上的游牧民族，

在房间里也把运动衫的帽子罩在头上。

他进了戒毒所，又出来，

如此往复。

他是个夜猫子，晚上别人都在睡觉，

他在桌子上摆弄他的玩具士兵，

他一共有二百三十八个不到四英寸高的玩具士兵。

白天他就在电视机前打盹。

这次，我在梅蒂面前什么也没说。

以前有那么多次我都没说出口，现在又能说什么呢？

她家电视机上放着一个新牌子，耶稣基督的脸

正对着在那儿睡觉的梅蒂的继父，

"耶稣基督爱你"几个电子字一明一暗地闪着光。

我按乔迪说的在 A 翼楼道的拐角和他见面。

我们换了两路公共汽车，才到了

离我们住处很远的那个游泳池。

汽车路过了我们以前的学校，

路过了发生过许多枪击事件的那几条街，

又路过了一家店。乔迪告诉我，

他的那些热带鱼就是在那儿买的。

我一直在心里对自己说，

别那么心神不定，别那么心神不定，别那么心神不定。

我假装对热带鱼商店很感兴趣。

我又问他，为什么他会那么肯定，

他能靠游泳离开我们这个地方，

去上大学。

"你还记得维克多吗？"他问我。

哦，我应该想到这一点。

我点了一下头，眼前蹦出了那个小维克多，

但心还是不停地乱跳着。

"记得。"我不知道还应该说些什么。

我想起了维克多生前幽默有趣的样子。

"他用乐高做的那些小人，我还能看见他们

在打仗，列队前行和跳舞呢。"

"唉，再也看不到了，"乔迪说道，

"我一定要离开这里。"

我静静地听着，部分是因为在想着维克多，

部分是被乔迪的语气给镇住了。

他好像是在保护死去的维克多

免受外界的伤害。

对乔迪来说，

维克多的死，一定像是整个世界都倒塌了。

我一下子记起来了：

乔迪的妈妈正是在那时带他搬走的。

对了，就是那个时候。为了安抚他的悲伤，

为了让他有个好的居住环境，

为了让他有更多机会。

可是没有用。他们又搬回来了。

她还是得给人家打扫房间，还要起得更早，

回来得更晚。我在公共汽车站

见过她。

我们换车来到一座摩登大厦。

这儿甚至还有个博物馆。

乔迪以前进去过。

他告诉我，里面的每个房间都有绘画和雕塑作品。

此时，我的脑子不停地转着，

乔迪看到我穿泳衣会是什么反应，

我也会看到他的样子。

你知道吧，当你特别向往一件事情的时候，

你往往也会对它产生恐惧。

这个游泳池非常梦幻，大极了。

里面有低、中、高三级跳水台，

还有整整一面落地玻璃窗。

这里没有脱落的墙皮或发霉的味道，只有轻柔的音乐。

一缕缕藤叶在墙角垂吊着，

尽情吸吮着湿润的空气，繁茂地生长，

享受着优越的生活。

在更衣室里，

我试着让自己放松下来，

可是，毫不奏效。

我跨着大步走进游泳池：

我记得在什么地方见过一幅画，

上面是亚当和夏娃，

他俩有着如同雕塑般标致的身体，

在他们生活的伊甸园里长大。

这会儿，那幅画又浮现在我脑子里了。

乔迪的绿色游泳裤

比亚当的无花果叶子大多了，

但在我心里，却感觉到一扇窗被打开了。

我的胸脯在梅蒂的绿色泳衣内

涨得鼓鼓的。

科学课实验室里的

男女人体解剖图，

突然闯进了脑海。

看他！不要看他！我的大脑在指挥着。

乔迪在见到我的一刹那

惊讶地睁大了双眼，

但是马上又变了回去，

就像一张桌布将桌子蒙上了。

他换上一本正经的样子，

与我保持着距离。

他递给我一个泳帽，

说是游泳池的规矩。

他教我怎样在靠近

写着"救生员"的红色大救生圈时，

把它拴在我的身上。

他告诉我，他会用几种不同的方法来救我。

我进入游泳池的深水区，按照他说的去做。

我基本全身上下都处于高度紧张的状态。

他把那个大救生圈系在他身上，

他游过来的时候我立即抓住那个救生圈。

这太容易了，没用三分钟我们就练习完毕。

乔迪让我装作溺水的样子

在水里挣扎。

他先游到离我很远的地方，

再拖着那个像玩具皮筏一样的

红色救生圈游过来。我在水里扑打着，

他从我的视线中消失了。接着，

又出现在我的背后。他用胳膊擎住我的双臂，

将我的肩膀举到那个红色物体上，

让我把头放到他的肩膀上。

我照他说的做了，我相信他对我说的话，

我不会有危险的。

噢，噢，噢，我不会有危险的。

不会。他举着我，

双腿在水中踢着。

他从泳池的另一边游过来，救了我的命。

我不会有危险的。

我们一遍又一遍地练习，

我把一切都印在了脑子里：我的头挨着他的脖子，

他的胳膊在我的腋下紧紧擎着我，

他踢着水，大口喘着气，

告诉我不会有危险的。

接着，他让我真的在水里挣扎，

就像快要淹死的人那样

惊恐地抓住他。

他游走了，又和之前一样，

再朝我游回来，这次我拼命要抓住他，

我抓到了。

噢，噢，噢，我搂住了他的脖子。

突然，在我毫无防备的情况下，他把我拽到了水底下，

等我边扑腾边咳嗽着浮上水面时，

他又像之前那样来救我，

踢着水告诉我，不会有危险。

"乔迪！"我被水呛得

几乎一个字也说不出来。

他说："我必须那么做。

我得让你失去平衡，那才算是真的救了你。"

我立即变成了一项体育运动项目。

我们又练了几遍落水拯救。

我觉得大概连我自己都学会拯救落水者了。

这会儿，我们才停下来休息。

我们在九英尺的深水区玩着踩水，

耳边环绕着轻音乐，满目是祥和生长的盆栽植物。

我问乔迪："你们除了学习怎样拯救落水的人，

还学些什么？"

乔迪，有舞会，我们可以一起参加。

"啊，我们还学怎么处理伤口和怎么做人工呼吸。"

我不禁想起了去年乔莉的那件事。

等我从记忆里回到现实时，

我还在看着乔迪，还在踩着水。

他说："也学一些历史知识。

学以前人们是怎么救人的。

来，我给你演示一种方法。你仰面漂浮在水上。"

我照着做了。

"把你的手放到我的肩膀上。"

我照着做了。

"你的胳膊保持平直，

放松，我带着你游。"

乔迪在我的两腿之间游着，

我没有开玩笑，

我们之间只隔着水波。

我完全可以把这想成一件很浪漫的事，只要我愿意。

他不知道我在想什么。我希望他能知道。

不，我不希望他知道。

"这样我可以带你游得很远很远。"乔迪说道。
我说："那就游吧。"他可能把这当成一项体育运动了，
可我真的就想让他这样带我游着。

乔迪，有舞会，我们可以一起参加。

我没法说出这句话。
乔迪游着，静静地，平稳地，不紧不慢地，
眼睛穿过我目视着前方。
他只说了一句话："要是能拯救某个人的生命，
我是一定会去做的。"
他说得那么动情，
我以前从未听他用过这样的语气。
他似乎在告诉我他心中的一个秘密。
我听见我自己在说："嗯……"

我漂浮着，他游着。
"我们要保证及时赶到，
还得方法正确，这可不容易。"
乔迪在考虑生与死的问题，

我不应该打断他的思路，问他去不去跳舞。

我们都不说话，只有划水的声音。
他来来回回游完了设定的距离后，
按救生员的做法，
将我的手紧紧系在游泳池的边上。
他告诉我，他还得留下干活，
我可以回家了。

我盯着他。
就说这些？
难道这就是他要的？就这样？
与乔迪的身体接触已经改变了我。
可他现在说我可以回家了。

我想让他知道，我的感情受到了伤害，
所以微微地噘了一下嘴，
然后说好吧。

在我的房间里，我试了试那条
带有皱褶的蓝色天鹅绒连衣裙，
看着自己的双腿，

读生物学教科书，

做语法练习：

傲慢及无知是（单数）

我们要铲除的敌人。

绝不能说"是（复数）敌人"。

媒体参与（复数）反贫穷和歧视。

绝不能说"参与（单数）"。

我要上大学的决心更坚定了。

我望着天花板，又想起来：

乔迪该多么难过。

这个世界变得如此恶劣，

乔迪失去了他的发小维克多。

乔迪一定能了解我俩

同样悲痛的心情，

我的爸爸和他的朋友维克多

都死于枪杀。

或许他不那么想。我把第二天早上

用的书都准备好，

就上床睡觉了。

每一次，乔迪都会将我的平衡打乱，

每一次，我的平衡又会恢复过来，

也许过一秒钟，也许过一小会儿。

他嘴角上的一丝小动作，或一个眼神，就会让我心动。

他在我心里出现，又消失。

我想到住在三层楼之下的他，

他的公寓和我们的一样，

他的门和我家的门之间隔着九道门。

他穿睡衣吗？

拉芳！

怎么了，我不过是说他穿不穿而已。没别的意思。

24.

第二天早上，我的决心前所未有地坚定。

上学的路上我追上了乔迪，

他一头湿发，全身散发着漂白粉味儿。

"嘿，乔迪，我昨天忘记说了——"

这显然是撒谎——

"学校有一场捐赠食物电光舞会，

一起去怎么样？"

乔迪停下来看着我，

我能看出他在脑子里考虑着这个问题。

我真想钻进脚下的水泥地面，

收回这句话。

但与此同时，

好奇心和浪漫的情愫在我心里沸腾着。

"行啊，我们一起去。"他说道。

我想，这就是我担心了许多天和许多星期的

那个问题的答案啊。

"好。"我只说了一个字就词穷了。

这是我有生以来的第一次约会。

我满脑子都是那件连衣裙，

和足以覆盖整个地球的各种幻想。

25.

"你还是去我们的排球联赛吧，

他们允许我们带一个客人，

你也能认识一下上帝。"

安妮把她的鞋递给我时说了这番话。

没等我的手碰到鞋，她就把手松开了。

她没提对乔迪的不满。

但是她端胳膊的那副样子，非常清楚地表达了这一点。

"谢谢了。"我有很多话

想对安妮说，可是我没说。

安妮说："再见，拉芳！"

我说："我会好好保管它们的。"我指的是鞋。

安妮的语调和她的眼神都表明

她大概再也不会给我机会了。

26.

原来舞会的感觉是这样的。每个角落都能听到音乐。

光线很暗，霓虹灯光旋转着扫过，

红，绿，蓝，粉，红，粉，

蓝，绿，红，蓝，粉，绿。

餐厅里挂满了气球，随着声音震动着，

就连带枪的保安都在那儿打着响指。

大家看到乔迪有多帅了吗?

他们怎么会看不到呢?

进门的时候，你要把你带来的食品罐头

放到捐赠食品的大桶里。

我没有带五十罐，而是三罐玉米罐头。

乔迪带了四罐西红柿酱。

有一种摇摆舞，

是乔迪在以前的学校学的。

当他们播放"宝贝，你是你，还不是你"那首曲子时，

他教我摇摆舞的步子，

真的**太好玩**了。

男孩子抓着你摇摆，弄得你脚都站不稳。

你不停地转着，然后又回来。

就连音乐都在告诉你该做什么动作。

你可不知道那多有意思。

乔迪穿着一件夹克，真是帅呆了。

那是她妈从她打扫卫生的人家捡回来的，

又为他改过。

舞会上播放了一首歌叫《我们是激情澎湃的一对》。

我们记住了歌词，几百个声音跟着一起唱。

"我们是激情澎湃的一对，我们在最好的旅馆停下，

可是我们更喜欢乡村，我们想远离城市。

我们是运动的一对，是网球场上的佼佼者。

六月，七月，八月里，

我们穿着短裤，要多精神有多精神。"

几乎每个人都在唱，大家一起高歌着最后一句，

然后又重复整首歌，再一起高歌最后一句。

有时，我们几个人聚成一圈一起跳。

有些一起跳舞的男孩我以前从未见过。

不过整整三个小时的舞会期间，我基本都在乔迪身边。

我以前总是想知道被男孩用胳膊搂着

是什么滋味。

舞会上的所有人
是不是都注意到我和乔迪了？
我们俩是不是很亮眼？
他们奏了一曲《我没做好，那感觉很糟》，
高年级的同学更喜欢这首歌。
虽然舞会上发生了两起打架事件，
但立即就被带枪的保安制止了。

我的连衣裙怎么样？
漂亮极了。我妈事先为我好好地收拾了一下，
用熨斗熨平了裙褶。她很喜欢熨衣服。
除了那一小块百事可乐的印迹，
我的连衣裙无懈可击。
当舞厅里的灯全部熄灭时，
大家一起打开手电筒，
那幅美景你真应该去看看。
闪光，舞动，蹦跳，
我们在滑动的电光里好像进入了另一个世界。
一个音乐与色彩神圣地混杂在一起的世界。
乔迪说我的连衣裙在闪动的光线里非常好看。

他说："拉芳，看你的裙子，

看到它折射的光线了吗？"我脸上神采飞扬。

"我们是激情澎湃的一对"，我们唱着，笑着。

接下来呢？

我正要讲给你听。

我一直期望着能从所有这些音乐中溜出去，

进入甜蜜的浪漫中。

乔迪陪我从舞厅的一扇门走了出去。

我们俩就像真的约会一样，在破烂的楼道里

唱着"我们是激情澎湃的一对"。

他对我说道：

"拉芳，我很高兴你把我拉来参加这个舞会。"

我用胳膊肘碰了他一下："我没拉你来，

乔迪，你可不是我拉来的。"

"当然是你把我拉来的。我要感谢你把我叫来了。"

他看上去那么帅，那么迷人。

"是你自己要来的。你说你要来。"

"我是说，我很高兴你决定要来。这里很好玩。"

我们对此没有异议，但我还和以往一样心神不定，

不知道接下去该说什么。

我已经想了十三天

我们接下来要做什么。

我决定牵牛饮水，

对他说："乔迪，你可以吻我了。"

他一副茫然不知所措的神情，

眼皮微微向下动了一下。

一切很快就过去了。

还没等我回过神，他就用嘴唇迅速地

在我的脸上扫了过去，

撞了下我的嘴角和鼻子。

接着他做了一件最吓人的事，

他笑了。轻轻地，几乎都不能算笑，

只是揶揄。就连揶揄也算不上。

然后他就沿着走廊离开了。

我的第一个吻。

这不是吻。

是，算是吻。

哎呀不是，不是吻。

我的血液在血管里晃荡着。

我妈在那儿等着检查我的呼吸和眼神，

看我是不是像人家说的那样酗酒或吸毒了。

我也不知道我是怎么用最简单的几句话将她应付过去的。

然后我回到房间，把门关紧。

一个长大了的勇敢坚强的女孩，

是不会对着镜子哭的。

"我出什么毛病了？"

一遍，一遍，又一遍，

像个娃娃。

一个成熟的人

是不会把枕头

当成乔迪去吻的，

不会哭得鼻涕眼泪一起流，

把枕头都浸湿了。

一个有正常逻辑的人是不会

在半夜醒来时，

爬起来走到椅子边，

将头埋进

搭在椅背上的漂亮的连衣裙里，

使劲闻着那股清香的漂白粉味儿，

哭得头昏脑涨，

仿佛天都要塌了。

Part 2

第二部分

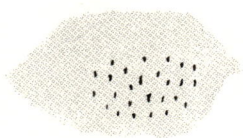

27.

你想知道最让我难过的是什么吗？
你还记得我天花板上的那些小鸟吗？
就是我画的那些小鸟？你能想象吗？
要是乔迪觉得我不够好，连吻我都得发笑，
我又怎么能和他结婚，
为我们的小婴儿也建造一个像鸟巢一样安全的家？

我期望从舞会回来后，
镜子里的自己
不是这副面容。
我的嘴变了形。我像中了邪。

笑？可那不是真笑。
就像那吻也不是真的吻。

28.

第二天天亮后，
我妈想知道舞会怎么样了。
在白天的光线下，我摆出一副若无其事的面孔。
我告诉她舞会放了什么音乐，大家都穿着什么衣服，
手电的光如何闪烁。
她上下打量着我，揣摩我说的是否真实。

我守住自己的心，
对昨晚发生的事情
以及我为什么哭，
一个字也没说。

可是我得找个什么人说说。
梅蒂和安妮是不行了。
罗娜？我们认识的时间还不长，
我不知道她对接吻和恋爱是什么态度。
我在医院叠了三车毛巾，
还为肿瘤科那层楼准备了许多叠床单。
你不会想知道这些小孩得了什么病，
你的心会碎的。

我一边叠着那些毛巾床单，

一边想着杰瑞米和吉莉，

我去年照看过的那两个把什么都弄得湿乎乎的小家伙。

他们那会儿是多么友善啊。

我好想他们。

乔莉，我可以去找乔莉，跟她说说。

尽管她又回到学校了，

想再拿些学分，

可我俩很少碰见。

我感到内疚，

这么长时间都没到托儿所去看杰瑞米和吉莉。

我把心思都放到乔迪和舞会上了，

还有想梅蒂和安妮的事，

以及我的新班级和作业。

我拿起电话刚和乔莉说上几句，

问她带着两个日渐长大的小家伙

日子过得怎么样，

她就告诉我她那儿需要帮助。

"乔莉，我知道你的日子一定挺艰难，"我对她说道，

"你一个人还真能干。

你怎么样了？我能帮你做点什么吗？"

这些都是我和她说话时习惯的问候方式。

"学校给了我一张警告条，

说我缺了六堂课。可是，我只有四张告假条。

他们说我老是缺课。

我没缺那么多课。

幼儿园也告诉我

吉莉没有应季可换的衣服了。

嘿，拉芳，你得看看杰瑞米会写

他名字里的'J'了。你应该来听听，

吉莉会说'便盆'了，可她还不知道怎么坐便。

她什么都抓，昨天还抓到了一把刀。

你去哪儿了？"

我告诉她："乔莉，你得把刀放到案台里头，

在水池子的后边，就是开关

水龙头的地方。"

我说得有点儿过了。她回答道："你可以来试试。

看看你能不能同时把所有事都做了。

你来试试好吗 ， 拉芳……？ ”

"乔莉，我不是这个意思……乔莉？ ”

我不知道她是不是在电话那边沉默地听着。

她接着说道："好啊，你可以帮我。

你帮我做阅读，就是那些课的阅读材料。

太难了。

单词都那么难懂，我读不了。拉芳，带着孩子

读这些东西太难了。我可做不了。

嘿，我给你读一个我作业里的词，"

她从电话边走开，又回来，

把词的拼写读给我听：

"E-x-i-g-e--n-c-y ，这是什么词啊？

还有这个词， v-i-r-u-l-e-n-t，

还有，这又是一个：r-e-t-r-o-a-c-t-i-v-e。

他们干吗非要我们认识这种词？你觉得公平吗？ ”

我觉得乔莉说得对。

她有两个小孩，除了学校的托儿所，

几乎没有任何可以求助的地方。

她没有可以依靠的爸爸妈妈。

她曾告诉过我，她的养母已经死了。

那些只想和她做爱的男孩们，

根本不想知道他们带来的小孩会怎么样。

现在，乔莉得学会认读这些词汇，

而这对任何一个教育经历贫乏的人都是非常困难的。

"我去你那儿。" 我跟她说。

但我有一种感觉，即便到了她那儿，

我也不会把秘密告诉她，

我不会告诉她，在我期待第一个真正的吻时，

乔迪竟假装吻我，

还笑了。

结果我真的没跟她讲。

我又像去年给乔莉干活时那样到了她家。

杰瑞米已经不太记得我是谁了。

这让我感到加倍内疚，

我怎么会如此大意，

都没来看看他。

我们一起在板子上玩青蛙跳的游戏。

我又给更加可爱的小吉莉读了一本书。

我还试着和乔莉一起克服她在阅读上的困难。

我发现，她完全无法从单词的成分中猜出词的意思。

这我是没法帮她的。

她家里的食物，都是些很没营养的东西：
带糖的麦圈和盒装的奶酪加面条。
他们的食品，是每周一次
从发放免费食品的城市厨房领取的，
没法自己选择。
她厨房的台子也不知道有多长时间
没擦过了。我拿刷子去刷台子时，
找到了一罐沙丁鱼。我用它配上奶酪加面条，
杰瑞米和吉莉吃得好香。看着他们那贪吃的样子，
我想笑又想哭。

回家时，我坐在四路公共汽车上想着，
这会多么奇怪呀：
乔莉因为男孩子吻了她，和她发生了关系，
她的整个生活就被全部打乱了。
可我竟然还想跟她抱怨
乔迪不肯给我一个热烈的吻？
想都不用想了。

29.

有好几天我都远远地躲着乔迪。
不管白天还是晚上，我要去什么地方，
我都会绕远路，以免撞上他。

我得记住他什么时候离家，什么时候回来。
不过那倒不难。

难的是应付我嗓子眼里那种发堵的感觉。
这种感觉一天里会有十几次。
比那更多。

帕特里克问我："舞会怎么样啊，拉芳？"
他说话真慢，我直想推他一把。
我低着头没看他，
说舞会很有意思。
他继续当我的实验搭档，
还是穿着那两件上衣。
我们一起检查我们的孢子，
培育单倍体细胞。
他教我怎样快速记住

光合作用中的烟酰胺腺嘌呤二核苷酸磷酸。

他做这些事情时，就像我俩之间什么也没发生过一样。

不过，他不再帮我拎书了。

30.

就在我参加舞会的那个晚上，
梅蒂和安妮在她们的排球联谊会上为我做了祈祷。
"我们把你的名字写在了奇迹心愿单上。"梅蒂告诉我。
我问她："那个单子能给我带来什么呢？"

梅蒂又像以往一样笑了，那笑声我到哪儿都能认出来。
她的笑声中饱藏着我的记忆，
我们从学前班就在一起的记忆。
那时我们连午饭都会觉得可笑。
面条和胡萝卜也能让我们狂笑起来。

"它肯定不会给你带来坏处，
它只会让你离奇迹更近。"梅蒂说。

她还是没有回答我的问题。
我在那个单子上，就意味着上帝知道我是谁了吗？
他们怎么知道上帝在听他们讲话？

我真的一点儿也不明白。我把这想法告诉了梅蒂。
"你要是加入我们的团体，你就会懂了。"

她边说边转过身去。

她没问我舞会怎么样，

安妮也没问我。可她的眼里流露出对我参加舞会的不赞同。

我把鞋还给她并谢了她。

放学后，她俩要一起

为她们团体排练的一出戏做道具。我问了他们后才知道。

"这出戏是关于诺亚方舟的。我们俩扮演恐龙。

我们要给很小的孩子演出，我们得教他们。"

我笑了起来："诺亚方舟上没有恐龙。"

安妮突然开口说道："你怎么知道？你在上面吗？"

"我是没在上面，"我理智地说道，"但是，

恐龙那时已经灭绝了。"

"拉芳，你根本不懂。听着，

上帝创造世界用了七天的时间。

这就说明诺亚方舟上有恐龙。"

梅蒂和安妮以前清楚不是这么回事。

我保持着平静，但还是清楚地说道：

"诺亚方舟远在恐龙之后，

从地球形成到它有四十亿年的时间。"

"你是说千年吧，"梅蒂说，"是五千年。"

"不，我说的是几十亿，后边还有那么多零呢。"我回答说。

"拉芳，你真是错到底了。

你应该到我们的团体来，弄清楚这件事。

你不觉得应该来看看吗？"安妮说。

我们之间的鸿沟

日益加深。接下去我看到的变化是，

她们俩每周二和周四

都和耶稣基督教会一个学习小组的人一起吃午饭。

普世快乐耶稣基督教会现在去另一个教堂聚会了，

她们在饭厅里挤在一张桌子上，

争论着谁是她们喜欢的团体领导，

她们的团体在哪儿聚会最好。

我们从学前班就在一起，

这会儿，我眼睁睁地看着她们俩一天天离我远去。

31.

星期六晚上，

我看到我妈打扮得格外漂亮，

十分精致，不像是要去参加她那些女朋友们

时不时出去放松一下的聚会活动。

她们就是去看场电影，在那里痛痛快快地大笑一通，

或扎扎实实地哭上一场，一起啜泣着。

看完电影后，她们会吃顿中餐，

一连几个小时喋喋不休地争论着电影的内容，

商量怎么给电影改个结局，甚至要把中间的某一段也改了，

以至于我都纳闷她们干吗还要看那部电影。

有一次我和她们一起去了。她们的声音

让我的耳朵都受不了。

不过，今天晚上

我妈可不像是要和那些女人一起出门。我能看出来。

她穿的不是以往的长裤、旧鞋和外套，

而是件连衣裙。

我妈穿连衣裙还真挺好看的。

一定有什么事发生了。

32.

我猜对了。

我妈穿连衣裙，

不是去见那些一起看电影的女朋友。

真是心情复杂啊，拉芳。

我可是一辈子都忠实地爱着我爸爸，

也同样爱着我妈，这是丝毫不容置疑的。

自从我妈得知我爸爸被枪打死，

到现在已经有十年了。

这十年里，我妈既是母亲也是父亲。

我家里到处都摆着我爸爸的照片。

我妈卧室的闹钟旁就有一张。

她每次上闹钟时，都能看到他。

浴室的墙上也挂着一张。

防水镜框里的他，

永远也不会老。

他总在那里开怀大笑。

这就是我妈。她爱她的男人。

当她为另一个男人穿上连衣裙时，

我感到紧张和难过。

我想让她高兴，

又不想让她高兴地和一个不是我爸爸的男人在一起。

33.

他叫莱斯特。

他是我妈新单位里的同事，在那儿管点儿什么事。

他要来我家吃晚饭。

我妈是个好厨师。她常常吹嘘说，

她做饭从来都不用乔迪家那种袋装食材。

她管那些东西叫"带调味汁的东西"，

还坚持说："在我们家要用调味汁，我就自己做。"

现在莱斯特要来做客了，我可以看看他长什么样了。

我脑子里还是老想着乔迪，

很少有心思去关注生活中的其他事情。

这会儿冒出个莱斯特，我的嗓子又噎得慌了。

我妈让我站到厨房的凳子上，

把好一些的餐盘拿下来。我们一共有三个餐盘，

另外还有三个装饭后甜点的小盘和一个装面包的大盘。

她又让我把凳子挪到靠在墙边的另一个碗柜旁，

取出只有姨姥姥们来我家过节时才用的玻璃杯。

看来这位莱斯特的胃很特殊，

非得用这些特别的盘子和节日的杯子。

因为他有一份好工作？

因为我妈妈太孤独？

我也很孤独。可我从来都

只用普通盘子吃饭。

"哦，对了，拉芳，你穿上一件漂亮点儿的衣服，可以吗？

穿那件带漂亮图案的绿毛衣怎么样？"

我敢说我妈用的是那种格外温柔可爱的声调。

呃。

这让我恶心。

我坐在凳子上用手掰着生菜，

心里想着待会儿会怎么样。

同时，我得为莱斯特穿好看点儿，这让我很不高兴。

本来我每天都是为乔迪而打扮的。

这阵子我东躲西藏，绕开乔迪可能经过的路线，

就是为了不让他看到我。

不过就是嘴而已。

两张嘴。

我的和乔迪的。

我想的，不过就是嘴。

不管我在哪个房间，只要一想到这个，我就魂游天外了。

34.

莱斯特到了。

他手里拿着一束用纸袋包着的鲜花。

我一下子就内疚了，觉得自己不该那么怨恨他。

他前倾身子和我握了握手。他的手很柔软。

我妈看到花的那一刻惊呼起来。

接着，她又用几乎是唱歌的声调告诉我，

把那个带蓝色花纹的瓷瓶取来插这些花。

我妈用的词是"插"，而不是"装"。

要是莱斯特能猜到我的想法，

他就会了解我和我妈之间的历史。

那个蓝色的瓷瓶，

是我妈结婚时收到的礼物。她总是将它放在架子上，

当作一件神圣的东西。

我去取瓷瓶，

同时也伸长了耳朵听他们对话。

我得把花一枝一枝搭配着摆好，

紫色的花放在黄色的边上，它们散发着香味。

莱斯特看到我往水中放了一片阿司匹林，
又用羹匙把它弄碎，便问我为什么这么做。
我告诉他，为了让花开的时间更长。
莱斯特说："好聪明的办法，
你一定是个非常聪明的女孩儿。"

莱斯特的话，本会让我开心。
可是他显然一点儿也不知道
阿司匹林这一广为人知的用途。很早以前，
我在科学常识课上就学过了。

我妈说："噢，拉芳，这花太漂亮了。
把它摆到桌子的中央好吗，宝贝儿？"

你听听，桌子中间的地方。
可今天晚上，这桌子有了个"中央"。
桌子上铺着一块被我妈熨了两遍的桌布。

我观察着莱斯特，他在努力融入我们。
他很乐观开朗。
他打量着桌子及周围搭配好的摆设。
他询问我是否喜欢上学。

我对这位莱斯特依然抱持陌生的态度。

我想到了我家的浴室，

里面挂着的那个装着我爸爸照片的防水镜框被挪走了。

我告诉莱斯特，我的学校挺好。

莱斯特告诉我，我有一个非常好的妈妈，

他希望我能珍惜她。

他说："你妈妈到了她那个部门后，

部门里的人工作都有了积极性。

她是办公室里的名人了。"

莱斯特帮我把饭菜端到桌上。

每端上一道菜，他都会说："哇，这才叫真正的菜呀！"

我在想，他平时吃的那些不真实的食物都是什么呢。

饭菜都摆到桌上后，他把我妈的椅子

从桌边拉出来。我妈弯下腰准备坐下时，

他又将椅子放进她的身后。

这种特别有教养的举止，

我可是很不熟悉。

我们传递着每一道菜。我妈这顿饭真是做到极致了。

她做了一道我最喜欢吃的菜—— 咖喱汁烤鱼。

她又用土豆做了另一个非常好吃的菜。

我只做了一个沙拉，莱斯特明确地从头到尾夸了一遍，

就像他不住口地夸着我妈的鱼和土豆一样，

还有她烤的面包。

莱斯特也赞赏装花的瓶子：

"瞧这花瓶多精美！"

还是说说蜡烛吧。我们家平常也会时不时点上蜡烛。

比如，我妈做了特别的菜的时候，

或是我感觉不好需要鼓励的时候，

或者我妈需要鼓励的时候。再有，

就是节日我姨姥姥们来的时候。

今晚，我们为莱斯特点了蜡烛。

我妈告诉莱斯特，我打算上大学。

"这是她自己的主意。全是她自己想出来的，

对吧，拉芳？"

我说她讲得对。那还是我上五年级的时候，

有一天，我在学校看了一部有关大学的电影，

回家后就提出我要上大学。

"但是，是我妈帮我开了一个上大学专用的储蓄账户。"

我告诉他说。

"她从每一笔工资里都拿出一部分放进这个户头。"

我又告诉他。

莱斯特说："哇，我能认识你们母女真荣幸。"

莱斯特如此尊重我妈看重的事情。

看来他要在这里待下去了。

我爸爸的名字叫盖伊。

我在吃鱼的时候心里念着他的名字。

他会和乔迪一起滑滑板；

他们会拳打脚踢地在一起嬉笑。

乔迪会见到真实的拉芳，

他会在游泳池里吻我。

我爸爸会在厨房里

和我一起吃甜饼干，告诉我

他喜欢乔迪，他为我做出这么好的选择而骄傲。

他会叫我别太在意我与梅蒂和安妮的关系。

那天晚上我睡觉的时候，望着天花板的鸟巢，

想象着另一种与现在不同的生活。

35.

莱斯特说"花瓶"两个字的口音和我们不一样。除此之外，
他说"或者""两者都没有"时也用那种文绉绉的读法。
我问我妈为什么。

她解释说："哦，那是因为莱斯特对自己要求高。"

我妈妈开始修眉毛。

我还是早晚躲着乔迪走。
但是每天都想看上他一眼。

我妈很欣赏莱斯特对她的赞赏。
很长时间都没有人
用如此赞赏的眼光
来看她了。
她一手组建了我们楼的住户管理委员会。
她参加各种会议，给各家各户打电话，安排楼内外的巡逻，
保证按期为十二岁的女孩子开设防身课。
在我还小的时候，她几乎从来没有时间享受自己的生活。

现在莱斯特来了。

这个星期里，从周二到周四我都没见到我妈。

不过，冰箱里总是有好吃的饭菜，上面附着一张纸条：

"拉芳宝贝，我知道你喜欢吃这个炖菜和面条。

别忘了一定把作业做完！爱你。"

我觉得很孤独，让厨房的灯亮了一整夜。

36.

舞会的照片印出来了。
我去办公室把它们取了回来。
我觉得都不像是真的。可这是真的。
我和乔迪看上去就像杂志封面上的人物，
只是，我有一边的头发没弄好。
我们俩都笑得开心极了。

我忽然来了勇气，
要把两张照片中的一张送给他。
没准那天是因为他不会接吻？
没准他也是第一次接吻？没准不是？没准是？
我一直躲着他，结果又怎么样呢？
照片上的男孩可是一副高高兴兴的样子。

我有没有勇气就这么去他家，用钥匙打开门，
把照片放到那儿？

是的，我有这个勇气。
那把钥匙上有一小块便于识别的蓝色漆点。
我站在他家门口，按了一下门铃。

没人答应。我知道不会有人回答。

我觉得自己像个乱闯民宅的人。

我把钥匙捅进锁里，

把门打开，

走进了他们寂然无声的房间。

我的心一下子涌到嗓子眼了。

可我还是勇敢地径直走到摆在桌子上的鱼缸边，

对那些面无表情、色彩斑斓的鱼儿们

问了声好。

然后将照片立着放在鱼缸边上。

我吸了一口气，和以往一样连身体都在颤抖。

那边就是乔迪的卧室，只有四步之遥。

我踮着脚走到他卧室的门口。

卧室的墙上挂着一些鱼儿在水中游弋的照片。

那里就是他的床，

他的衬衫和裤子。噢，他的枕头。噢。

我跨了两步走过去，弯下身子

去闻他的枕头，

我以前从来没闻过男孩子的枕头。

我的胳膊无意间碰到了挂在椅子上的游泳镜，

我的魂差点儿被吓飞了。

我觉得自己像个罪犯，

忙不迭地逃走，

根本没空去想我是否喜欢这里的一切。

我把另一张照片挂在我卧室的墙上，

供自己欣赏。

这就是证明，

这句话像歌词似的一遍遍在我的心里重复着。

37.

我习惯了从儿童医院回来

就能见到莱斯特在我家。

他在的时候，房间里总会有剃须膏之类的气味。

不是香水那种味道，但总是在那里。

一天晚上我回到家时，看见他又在那儿，

就坐在厨房的那个板凳上。

我的胸口突然发紧。

莱斯特坐在上边倒没什么错，

那不过是个板凳。

可那是我坐了一辈子的板凳。

自从我稍大一点儿，有了对话的能力，

我就总是坐在那个板凳上和我妈说话。

在那里，我和我妈互相生过气；在那里我哭过；

在那里我妈表扬过我；

也对我唠叨过。

从我还是一个小孩时起，

我就坐在那儿等我妈给我做饭。

在我之前，坐在那个板凳上的是我爸爸，

他在那里等我妈给他做饭。

现在莱斯特坐在这个板凳上了。

就像我说的，我的心跳得更响了。

但我只是跟我妈打了个招呼，也跟莱斯特打了个招呼。

我从冰箱里拿了苹果，回到我自己的房间。

经过墙上那张我和乔迪跳舞的照片时，

我像电影里演的那样，

送过去一个飞吻。反正没人看见，

我想吻谁就吻谁。

我坐在床上吃着苹果。

我给自己五分钟的休息时间，

然后开始做书包里的那摞作业。

我仰面躺在床上，望着树枝上的鸟巢。

我有那么多问题

想要找个什么人问问。

要是你能确信

在天花板上那些小鸟的上面

真的有一个上帝，那该有多好啊！

38.

我一连好几天和好几个星期，
都绞尽脑汁，专找那些
人们不常走的小道，
想办法绕开我最想见的人。
可我也揣着一颗狂跳的心，
亲自把他的照片
专程送到了他家里。
而他却若无其事，
一切照常。

我把照片放在乔迪家客厅的鱼缸旁后，
第四天，
一张纸条贴到了我的储物柜门上：
"谢谢照片。朋友，你在哪儿？"

我站在楼道里，心怦怦地敲打着。
我的眼睛盯着柜门。

我一刻不停地想着乔迪，
想着他的感情生活，

而他却根本没注意到。

我小心翼翼地揭下这张条子，生怕弄坏了。
我又把它放进钱包里。我沿着楼道走着，嘴里哼着：
"我没做好，那感觉很糟。"

39.

过节时，我们总是把我的姨姥姥们请到家里。

她们是我妈的姨妈。

维纳姨姥和拉芳姨姥

把我妈妈带大，我的名字就是她们名字的集合。

她们俩总是为我的每一点进步感到高兴。

用她们自己的话说，就是为我感到自豪。

她们很老了，浑身都是毛病。

我每次都是坐公共汽车到姨姥姥们住的地方，

再和她们一起乘出租车到我家。

公共汽车上的人鱼龙混杂。

姨姥姥们害怕他们。

以前，都是我妈去接她们，

现在我长大了，可以接手这件事了。

饭后，我妈再叫一辆出租车送她们回家，

还把剩下的饭菜都给她们带上。

我就在家清理厨房。

今年，莱斯特主动提出用他妹夫的车

去接姨姥姥们。

可那辆车坏了，

结果还是按照以往的做法：由我去接姨姥姥们。

为了招待这两位风烛残年的老太太，我们一直轻手轻脚，

饭菜也做得十分清淡。

维纳姨姥得用助步器，

她去厕所时需要有人带路。

因为她眼睛看不清，

有可能被门槛绊倒。

她的助听器也总是出毛病。

拉芳姨姥则全是假牙，还有关节炎。

周围动静稍微大一点儿，她就会惊得跳起来。

姨姥姥们不让我妈丢掉任何东西，

就连一根小小的绳子，包完东西的锡纸，

装完东西的纸袋都不行。她们盘子里吃剩下的东西，

都要再放回盛菜的盘子里。

我妈从不试图去改变她们。

她很感激她们的养育之恩。

我们小心翼翼地照顾她们。

因为她们年纪大了，而且她们是我们的家人。

大萧条时期，

全美国的人都没有钱。

她们的童年，就是在那个悲惨的时代度过的。

"那时候的人，可不像现在这样，"拉芳姨姥姥说，

"你走在街上的时候，

人们会向你招手，问好。

现在你可能会被人撞倒，被人抢劫。"

维纳姨姥连说了两遍"犯罪行为"，

一边不断地摇头。

我们回到了我家，

这时乔迪又走进了我的脑子里。他踩着滑板，

不分昼夜地穿梭在城里的街道上。多危险呀！

我一进屋，就把姨姥姥们带到我的房间，

给她们看我画的树和鸟巢。

她们说："天哪，你太有艺术天赋了。"

但又说，我画画的墙不是我们自己的。

我告诉她们，我画画用的水彩笔，

是我十岁生日时她们送的。

两位姨姥姥都笑了，脸上充满了自豪。

接着，她们见到了莱斯特。

他一副恭恭敬敬的模样，问候了姨姥姥们，

还一个劲儿地说："能培养出这么好的外孙女来，
你们该有多么骄傲啊。"
姨姥姥们对这些称赞并不在意。
她们不喜欢别人来告诉她们自己应该有什么感觉。

我妈和她的姨妈们在一起生活了很久，
就连睡着的时候，
她都能察觉出哪个姨妈生病了，或者犯牙疼了。
她会爬起来，给她们打电话。
她的直觉总是对的。
莱斯特一点儿也体会不到这些。
不过，他并没有放弃努力。
他不停地给姨姥姥们送上微笑，对她们表示欣赏。
他告诉她们，他知道一种更好的助听器电池，
他一定会给她们弄一个来，不，是一整盒。

我在给姨姥姥们展示天花板的时候，
我妈接了一个电话，是乔莉打来的。
我妈问她出什么事了。
她说她家的炉子
突然坏了，
她没法将从慈善机构领来的食物煮熟。

我妈让乔莉带上孩子们，

一起到我家来吃饭。

她悄声对我说：

"嘿，拉芳，告诉我，你会怎么做？

你多取几个盘子放在桌上……"

她又提高了嗓门大声说道：

"等等，先别去取盘子。

你和莱斯特先去把你房间的书桌搬出来，

把它接到那一头，再罩上一张桌布。

另外，拿几摞你的书，放在这儿给小孩当座位，

再找些纸盒当椅子。

对了还需要叉子。把那些塑料的找出来。"

莱斯特赶紧给每个人张罗座位。

他很起劲地帮着忙。

乔莉，吉莉和杰瑞米，

把我们的房间挤得满满的。

我很熟悉我带了近一年的那两个小不点儿。

可是，我的姨姥姥们有点儿犯晕。

没人教过乔莉

该怎样对待老年人。

她跟我的姨姥姥们随便打了个招呼，

没有表现出对老人应有的尊重。

维纳姨姥想抱一下吉莉，

可吉莉却去拽她的助听器。

这让可怜的老人家受不了。

杰瑞米进入我的房间，要拿那个被我从书桌挪到窗台上，

已经风干了的乔迪送的橘子。

我告诉杰瑞米说那可不行，还差点儿拍了他一巴掌。

接着，我又紧紧地抱了他一下。他原谅了我。

他在客厅里扮乌龟，摘下眼镜

放在沙发垫的后面。结果眼镜腿不知被谁压弯了，

莱斯特又帮他弄直了。

拉芳姨姥跟我妈说，

我房间里的画画得很好。

但是，她又加上一句：

"你不应该让她在别人的墙上涂画啊。"

我妈深呼了一口气说："啊，拉芳姨妈，

我的红薯泥完全是照你教我的方法做的。

来，你闻闻。"

就这样把话题转开了。

花了好大的工夫，大家才都在桌前就位。

杰瑞米和吉莉显然从没见过这么丰盛的晚餐。

一看他们圆瞪的双眼

和兴高采烈地伸出的小手，你就知道了。

莱斯特举起了他的苹果醋酒杯，

提议为我妈的善良干杯。

拉芳姨姥捅了维纳姨姥一下，

让她知道我们在做什么。

我们每个人，不管是姨姥姥们，还是戴着修好的眼镜、

骄傲直挺地坐在厨房凳子上的杰瑞米，

都举起了手中的玻璃杯或茶杯。

吉莉坐在我的腿上，玩着我的餐巾。

这会儿她也来帮我举起我的杯子。

我们一起为我妈祝酒，就像莱斯特说的：

"为了她那颗善良的心，

以及她为我们做的这一桌美味佳肴！"

莱斯特为有这么多的听众而异常兴奋。

今天这一连串意外，

弄得我妈头昏脑涨。

先是莱斯特从锅里往外倒肉汤汁时，把汤洒出来了。

第二件事是要想办法给每人找到一把椅子。

我们得用箱子当椅子，

让我和吉莉坐在上面。

第三件事是吉莉往下拽桌布，

差一点儿就把摆好的一席饭菜掀翻，

幸亏被我接住了。

第四件事是拉芳姨姥坚持说

她可以把蔓越莓酱端到饭桌上，

结果在厨房里洒了一地。

还出了一些别的小差错。尽管如此，

节日晚餐还是摆在大家面前了，

而且闻着香气扑鼻，看着色彩斑斓、热气腾腾。

尽管乔迪压根就不在这个屋子里，

他却一直在扰乱我的心神。

我们在桌上传递火鸡的时候，他来到了我的脑子里。

我想象着他的胳膊有多光滑，多强壮。接着他又消失了，

我赶紧问维纳姨姥想要我给她夹哪块肉。

我妈从地上捡起乔莉的餐巾，

放到她的膝盖上。

乔迪那双眼睛又进入了我的想象中。

这双眼睛太让我分心了。

说真的，我的心不能像以前那样，

全部放在这顿晚餐上了。

乔迪就住在我们家三层楼下，

和我家一样的房间里，我可没法不走神。

我的姨姥姥们多少年来都是这顿晚餐的主角，

可莱斯特老在那里抢话。

我的姨姥姥们知道我爸爸长什么样；

他的声音是什么样；

他走进房间时是什么样。

现在，莱斯特说着他为什么要买那个

在电视上看到的扳手。

他觉得这是一项最好的发明，

能拧紧门上的各种铰链和所有壁柜的门，

大家都没在听。

唯一一个注意到他的人

是杰瑞米。他隔着桌子盯着莱斯特。

他的眼睛在眼镜后面睁得大大的，

手里拿着一块火鸡的胸脯，

停在空中。

我定神想了想：这里的每一个人，

要不是因为我妈，

今天都无处可去。

她真是个难得的妈妈。

她的主意多到家里都盛不下；

她也会让我想在她面前摔门，对她吐舌头。

但是，一想到她做的一切，我就不忍心那样对待她了。

这就是我妈：

她会用她微薄的工资，

招待六个无处可去的人。

40.

我把乔迪的纸条当作幸运符

夹在我的学生证里，

随身携带。

科学能力统考让我非常恐惧。

老师说，这次考试极为重要。

帕特里克每晚都用功复习，就连干活的时候都在准备。

他切面包做汉堡包的时候还在背数据。

这是个分级考试，我以前没听过分级这个词。

意思是你在考试中取得的分数决定着你的去处。

考分高者，会被分到课程难的班上。

帕特里克在他的笔记本上，

画了一个被一连串歪歪扭扭的问号圈住的小人。

然后我俩又在一起查"内质网"是什么。

生物课是最安静的课堂。

课上大家都很专心，没人把显微镜打翻，

提问题也都是一个一个来。

班上每人都有一本自己的教科书。

我们把蕨菌孢和涂色实验玻璃放在那儿，

第二天用的时候，它们还会在原来的地方。

在这个课堂上，没有人在上课时
耷拉着脑袋打瞌睡。
这个隐藏起来的课堂，要是只凭我自己，
是根本不可能发现它的。

露娜去年参加了科学能力统考。
她说那简直就是场噩梦。
不过，动用那么多肾上腺素还算值得，
考试的结果是，她进了一个她很想加入的电脑学习班。
一门这么重要的考试竟然会让我睡不好觉，
这真的让我很吃惊。我以前从来没有过这种经历。
晚上，我醒过来好几次，
看着天花板上那棵被路灯照着的树。
我本来在那儿琢磨着为什么每个茄子都是雌性的，
想着扁形动物，菌孢和氢的结合。
就在这时，砰的一声，路灯熄灭了。
外面又有人开枪。我每次听到枪响都会跳起来。
和每次一样，我妈又是在警报还没响之前，
就冲进了我的房间。
她看我是不是没事，用胳膊搂着我。
要是我让自己往深处想，那可真是挺吓人的。
所以，我一心想着要离开这里。

我不知道乔迪是否也从睡梦中跳了起来。

枪响的时候，他就在我楼下三层的地方。

每次发生枪击事件，他一定会想起维克多。

当年那两个小男孩，他们彼此一定很相爱，我猜。

第二天，我请了三节课的假，

和一些我从未见过的人一起

到另外一所高中去参加科学能力统考。

考试很难，里面有些词我压根就没见过；

有些题目是我读过的最长的问题。

那些题目都与半导体，变暖的海洋，融化的冰川，

热带疾病等有关，

而给出的选项都极为相似，难以分辨。

坦白地说，我这回可懂了，

为什么有那么多人说，

念完高中就再也不想学习了。

想到这儿，我的思路停住了：

我要上大学，

住到另一种地方。

那里能听到枪声和警笛以外的声音，

有绿色的草木生长。

在科学统考中我用尽了浑身解数。

最后头都晕了，

脑子里全是事件和数据。

我和帕特里克一起坐公共汽车回学校。

我们谁也不提考试的事。

他问我不上生物课的时候都干些什么。

我告诉他，我在医院叠床单。

帕特里克指着我笔记本上

写满了的"乔迪"两个字，问道："是哪个乔迪？"

听到别人大声叫出那个名字，我不禁抖了一下。

"哦，是我的一个朋友。"

我回答道。我的声音没能掩饰我的情绪。

"是那个有文身的乔迪，还是穿皮夹克的乔迪？"他问。

"都不是。是滑滑板的乔迪。"我说。

帕特里克"哦"了一声。他直盯着我。

"怎么了？"我问。我不想让他盯着我。

"这么说，他不是你的男朋友。"帕特里克说。

我什么都没说，眼睛望着窗外。
他这么做很不公平。
他不应该这样紧迫地
追问我的私生活。

我应该更喜欢帕特里克才对。
我猜，他大概只有那两件衬衫。
可是，我偏偏只想着乔迪：
想着我和他能不能同上一所大学，
或者要是我的考试分数不够好，
我会不会根本就上不了大学。
乔迪是不是我的男朋友，
跟帕特里克有什么关系。

41.

梅茜和安妮又在排演另一出戏。

我觉得这是个和她俩重归于好的机会，所以决定去看看。

她们给我画了一个地图，告诉我该怎么走。

她们的团体在第三座教堂里举办活动。

先是喧闹的鼓声，吉他和电子琴。

接着，七个大小不等的孩子抬着一条长幅

走上台，把它挂了起来。上面写着：

"罪孽的深渊还是幸福的天堂？由你来选。"

大家为横幅鼓掌雀跃。

我也跟着鼓掌。但我不清楚什么是"罪孽的深渊"。

耀眼的灯光晃动着，

乐队的声音更大了。

我能看出来，团体的成员们在演出服上下了很多功夫。

每个人身上都贴着很大的标签，

写着他们代表的是哪种罪孽。

一个女孩子装扮成海洛因针头，头上戴着长长的棍子。

一个人代表未婚性行为，穿着妓女的服装。

一个人打扮成黑帮的刀子，身上裹着亮亮的锡纸，上面涂着血红的颜色。

一个人装束成香烟的样子，

旁边一个高个子的男孩扮成威士忌酒瓶。

一个人代表堕胎行为，不过我读了她身上的标签才知道。

她身上挂着一个塑料袋，

里面装满了带着红色斑点的纸，代表血液喷溅的样子。

一个人打扮成一杆枪。

一个男孩打扮成同性恋的模样，

嘴上涂着口红，身上穿着连衣裙。

梅蒂和安妮穿着合唱队的服装，

站在被拯救者组成的合唱团中。

每当穿长袍的耶稣基督

坐到其中一项罪孽上，

那个扮演罪孽的人就会立刻坍塌死掉。

这时，乐队开始奏乐，合唱队唱道：

撒旦在你的周围包围着你，

撒旦的法律就是罪恶。

天堂在等待着你，

耶稣基督让你进入天堂。

耶稣基督爱你，爱你，

爱你，爱你，爱你。

戏剧结束时，

合唱队的每个队员

都从肩膀上拉出一根线，

每个人的斗篷后就出现一副带网的翅膀。

他们代表天使，

唱着悲伤的歌，

感叹那些下了地狱的罪人们，

将享受不到天堂的快乐。

耶稣基督和各种罪孽的扮演者给观众鞠躬道谢后，

人们开始兴高采烈地吃蛋糕，喝果汁。

孩子们的家长夸奖他们的表演，

他们还摆出签名单，请大家报名参加演出。

我没有签名。

我久久地为这出戏鼓掌，声音也很响亮。

可是，我能对梅蒂和安妮说什么呢？

她们的戏无法说服我去参加她们的团体。

我不想让她们的团体告诉我该恨谁。

我纳闷，耶稣基督为什么要置那些人于死地。

我一个人走回家，路上不停地想着：

我们现在有什么不同呢？

我们各自都发生了什么变化？

我看见一只小猫从巷子里蹿出来，

带着恐惧和无知的双眼。

我的脑子里突然出现了一些话，那是我以前从未想到过的：

我们曾拥有纯洁的灵魂。我们是小姑娘。

我们不用担心什么是罪孽，什么不是罪孽，

我们有自己的布娃娃，有自己的伤心事。

每天早上醒来我们都期盼着

那一天会发生的事情。

我们的童年看起来那么寻常普通，

可它并不平淡。

那天下午我在毛毛细雨中走着，

为那些幼小纯洁的灵魂而伤感，

它们已经变成了另一副样子。

42.

我和梅蒂、安妮从很小的时候起，
就彼此互送情人节的心形糖。
最早的时候这是由我们的妈妈代办的。
我们一直都知道对方储物柜的开锁密码。
我们总是偷偷地
在对方不在的时候，把心形糖放到对方的柜子里。
我们每年都玩得很尽兴。

但是今年我非常担心，我不知道
她们会不会把我给忘了，或是不送我心形糖了？
我还和往年一样，用小袋子把糖装上，
在每个袋子上系一根红带子，外面插上一根棒棒糖。
我还和以往一样，想成为第一个把糖送给对方的人。
当我把那些印着"亲爱的你""你真好""保持真诚"
等字样的小糖果放进她们的储物柜时，
心底不禁升起一股悲凉感。
她俩的储物柜上都贴着"认同我主"的纸条。
我不知道她们俩是否会交换一个眼神，
然后不理会我给她们的情人节心形糖。

可是，当我打开我的储物柜时，

我看到了她们送我的心形糖：糖被粘在一块纸板上。

她们用三十二块心形糖

排成字母 L 和 V，每一块上还写着"EZ2LOVE"。

我的心情立刻好了起来。

梅蒂、安妮还是我的老朋友啊。

我一直屏住呼吸，

想着乔迪会送我一张情人卡。

趁楼道里人挤人的时候，

我抽空

把剩下的二十块心形糖，

从乔迪储物柜门的通风口塞了进去。

我听见它们一个一个掉下去，散开，

每个上面都写着"为什么不"。

这些混在一起的心形糖在替我问着

我想知道的事情。

进入生物课教室的时候，

我看到我的凳子上放着一个信封，

上面写着"拉芳"。

我的心跳了起来。可再一看，

是帕特里克的字迹，我现在已经能认出来了。
那卡片是手写的，用了各种不同颜色的记号笔：

我认为，你的 DNA 充满乐趣；
我喜欢，我们一起完成的那些实验报告；
拉芳，请给我一个机会，
情人节，说我才是属于你的那一位。

我知道我应该友善一点儿，可我还是笑了。
有的字写得那么大，有的字拼错了，
就像个小男孩写的，太可笑了。
我跟他说了声谢谢，又把口袋里剩下的心形糖
给了他一把。
我们一边嚼着糖，一边研究着元细胞的顺序，
我尽量表现出很感激的样子。

教科书中关于 DNA 的部分，
解释了为什么我们永远都是同一个人。
这是我们体内的那些细胞决定的。
也就是说，
我爸爸能认出现在的我。
我的意思是，我们体内的细胞能够认出彼此。

想到这儿，我嗓子里有一团东西涌了上来。

我低着头，使劲想把它压下去。

帕特里克给了我一块心形糖，

我把它放进嘴里，试图用它去溶解那团东西。

至于那颗心形糖上写着什么，

我才不去管它。

我没有收到乔迪的情人节礼物。

从医院回来的时候，

我闻到了他身上的那股漂白粉味，

我嘴里哼着"我们是激情澎湃的一对"。

帕特里克是什么意思，

"这么说，他不是你的男朋友"？

Part 3

第三部分

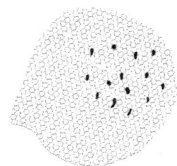

43.

接下来我发现，莱斯特正跟我妈讲
某处有一栋房子正在出售，
卖家是他以前一个同事的表亲，
那房子给我们三人住正合适。

我在自己的房间里做功课，
在门上留了一条缝。
我竖起耳朵听他们说话。离开乔迪！
情人节后的第三天，他让我学着滑他的滑板。
我觉得滑滑板并没有我想象的那么难。
他没有笑我滑得不好，
还在我要倒下去的时候扶了一把。
他没提储物柜里的心形糖。
这是不是说，他真的以为是其他什么人送给他的？

我要是能对他说："乔迪，
是我往你的储物柜里放了那些心形糖。"那该多好啊。
可是我说不出来。

离开乔迪！

我们一直都住在这个简陋的地方。

我妈和我爸爸有了我以后就搬到这里来了。

那时，这里还没这么破烂。

我爸爸在我还是个哭闹的小孩时，

拉着我的手走进了这套房子。

的确，我总说我想要离开这儿。

但还没到时候。

如果搬走了，新房子里就没有我爸爸的身影了。

我听见我妈的高跟鞋在地板上敲打着。

她没有立刻就兴奋起来。

她那么精明，

清楚地知道没有什么东西像广告说的那么好。

离开乔迪！

莱斯特描述这座远处的房子时就像在讲故事。

"那里的每个房间都铺着地毯，

所有墙壁都装上了板子。窗户都设计成这样，你看！

还有炉子、冰箱，右边是橱柜。

我都能想象出你在厨房里

高高兴兴地做饭的样子。"

接着是我妈的声音：

"有拉芳的房间吗？"

"当然有，"莱斯特说道，"她会有一个很好的房间。
要是没有的话，我根本就不会考虑。"

莱斯特又接着讲什么阳台呀，院子里的树啊。
离开乔迪！
学校怎么办？梅蒂和安妮呢？
我不能走出房间把这些话讲出来，
但我已经站在门边了。
我把耳朵伸到门缝中，听着莱斯特的那些承诺。
"哦，那里的学校是最好的了。
每个孩子都能接受优质的教育。"

还有露娜、道格和阿楚勒呢？
那个"大脑细胞"小组和那些练习语法的帽子呢？
我们得学一长串词语：
"杂烩""警惕""痛楚""预测轨迹"
"败落""丑怪""眼光""凌乱""惰性"
"抱负和懒散""精神与枯萎"。
罗斯博士说："当我们依靠一些条条框框的时候，

我们自己也会变成条条框框。

但是，我们绝不能

被自己想象出来的条条框框所限制。"

还有和帕特里克一起上的那门生物课呢？

我们昨天刚刚学了，质子存在于一切事物中，

腐化对生命来说必不可少。

现在学这些知识或许不会让每个人欢呼雀跃，

但它帮我开启了认识世界的大门。

另外，我们就要远离我的姨姥姥们，

远离儿童医院了。

莱斯特讲的这件事关系到我的未来。

他们没有马上做出决定。

不过，莱斯特经常晚上打电话来，那铃声会把我吵醒。

他想让我妈明确地告诉他她喜欢他。

我能听到我妈在说什么：

"当然，我当然喜欢你。对，我敢肯定。现在太晚了，莱斯特，

我明天还得工作。我知道了，莱斯特。对，我敢肯定。

莱斯特，按我们说好的，我星期五见你。

我已经睡了。晚安，莱斯特！

肯定，我肯定。晚安，莱斯特！ 对，我肯定。晚安！ "

有一次他打电话来，就是为了告诉我妈
厨房的案台是多少平方英尺。

44.

我妈会和莱斯特结婚，然后带我搬走吗？
她既是我的妈妈又是我的爸爸，已经有好长时间了。

她应该得到她想要的。
很多人的妈妈都结了婚，有了新的丈夫。
我把事情告诉了梅蒂和安妮。她们听了，
眼里流露出难过的神情。
那天我感觉好多了。
她们说，她们会为我祈祷。
我问她们："你们的意思是，
为我不会搬走而祈祷？"
安妮说："我们祈祷一切按上帝的旨意行事。"
"上帝的旨意是什么呢？"我问她。
她说："那只有上帝知道。"

这我就不明白了，
如果上帝的旨意一定会实现，
那干吗还需要祈祷呢？
这到底是怎么回事呢？

"这么说，他不是你的男朋友。"

帕特里克那话又是什么意思呢？

45.

要是必须离开儿童医院，我就太难过了。

肿瘤病房那层楼里有一个小姑娘，

需要移植骨髓。

她一直在那里等着。

每次我去送单子，我们俩都能见面。

这个生病的孩子抬起头看着我，

微笑时露出歪歪扭扭的牙齿。

我的心立刻就从胸腔跳到了她的床边。

我会走到她的床边，捡起她放在一边的书，

给她读书。

后来，我又用两条毛巾和她玩手指木偶戏。

她的名字叫莉·安。

这样的小孩

怎么会得这种病呢？

这个疯狂而残酷的世界也太不公平了。

还有那些因为化疗变成光头的孩子们，

其中有一个生下来就没有脚。

或许我应该当个护士之类的人，

来帮助这些生病的小孩。

我在想，当护士需要做哪些准备。

我在洗衣房的工作也可以帮到他们，但是作用不大。

那天晚上我干完活，脑子里想着乔迪，想着莉·安，想到要离开这一切，心里一阵阵痛楚。

46.

莱斯特眼巴巴地盯着那个房子，

在等它降价。

我和我妈吃晚饭的时候说这件事，

打扫房间时说这件事，

在厨房里讨论这件事。

不过，这次我没坐在凳子上。

凳子被莱斯特拿去修了，

因为有一条凳腿被他的体重压松了。

我尽量表现得理智，以达到我的目的。

我提到了梅蒂和安妮，提到我的生物课，

提到"大脑细胞"小组，

还讲到了儿童医院和莉·安。

但是我不敢提乔迪。

因为我说到他的名字时，无法保持正常的语调。

我妈说，那个居民区很安全，还有自己的院子。

我问她有没有看过那个院子和居民区，

她说还没呢。

这个周末她要和莱斯特一起去。

她说那里的学校没有（单数）金属探测仪。

我在脑子里想，她这句话应该用复数：

"那里的学校没有（复数）金属探测仪。"

"难道你不想要一个院子，里面种着花吗？"她问我。

我想，她这么多年来近距离看过的花，

就只是莱斯特送给她的那些了。

我说："有个院子当然好了。"

她责怪我用青少年常用的那种腔调跟她说话。

我反问她，她想让我用什么腔调和她说话。

"维纳·拉芳，请你管住你的嘴。"她说。

我立刻打住了。

我和我妈达成的协议是：我管住我的嘴，

她养活我，供我吃住。

要知道，世界上有很多人连这些都没有。

这个协议的条件并不是最好的，但我们也只能这样了。

莱斯特来的时候又带了花。它们被放在

我爸爸结婚时买的花罐里。今天晚上我们吃虾，

上面加了一些带绿色蔬菜的奶油汁。

莱斯特说："唔，这可是真材实料呀。"

他又为我妈把椅子推到她的身下。

他提醒我，要珍惜我妈为我做的一切。
莱斯特说“珍惜”那两个字的时候，
语调有点儿特别。

我提到，要是搬家的话，我就得离开我的房间和我的鸟巢。
“那儿的房子外面有真正的鸟、真正的鸟巢，都是真的。”
莱斯特说道。
他的嗓音中带着某种回声。

晚饭后，我一边做作业，一边想着乔迪。
尽管我把门留了条缝，
但还是听不清我妈和莱斯特在门外讲的话。
有什么东西咔嗒响了一声。
我那时正把头靠在墙上，默默地背着科学课的内容，
我的脑子里也有个小开关响了一下。
莱斯特说：“这样就不会有人再拿房租来烦你了。”
我妈说：“烦我？
干吗会有人用房租来烦我？”

莱斯特说：“嗯，你知道，那些人怎么做。”
我妈说她不知道那些人会怎么做。
我听见我妈清楚地大声说：

"莱斯特，你要是按时交房租，是没有人会拿房租来烦你的。
这么多年了，我从来都没在房租的问题上被人烦扰过。"
莱斯特接着说了什么，我没听清。
我妈说："房东收房租，不能叫烦扰。
莱斯特，那不叫烦扰。"

接着，莱斯特又轻声说了句什么，
他们俩都笑了。冰箱的门被打开，
装菜的碗盘被放进去，冰箱门又被关上了。
我回到桌上做作业。

但是乔迪又从我的肚子前游上来了。
他经常这样游上来。
哗啦，哗啦，哗啦，他用胳膊划着水，
他那双好奇的眼睛越过我，看着远方，
他在我的双腿之间游动着，
我的心也跟着他漂浮。

47.

乔迪的纸条我还一直带在身上。

一天晚上，我从医院回来走进电梯，

看见他居然在电梯里。外面的风刮得很凶。

尽管电梯里脏兮兮的，四壁写满了脏话，

每个进来的人都松了口气。

"嘿，拉芳，你去哪儿了？"他问我。

我的心怂恿我把一切都和盘托出，

可我什么也没告诉他。

"哦，没去哪儿，"我说道，"我们可能要搬家了。"

我含混地接了一句。

莫非我想看到他因此而难过，

跪在地上向我示爱，请求我留下来？

他说："哇，拉芳。要是你走了，

我们这儿可就不再是这样了。"

乔迪，你真的在意我的去留吗？

这有什么影响吗？

我可是到过你的卧房，闻过你枕头的味道。

"哪儿？"他问。他只用了一个小小的词。

那不过是一种简单的好奇心。

"我不知道。是一座房子，还有一个院子。"

他立刻盯住我。一个院子，
这本身就意味着一种不同的生活。那是人们向往的生活。
"拉芳，我会想你的。"他对我说道。
然后，他在他家那层楼走出了电梯。
这一幕该让我感觉更好，还是更糟？

我的心七上八下地乱跳着，我自己也搞不清楚了。

48.

今天，罗斯博士教我们"躺下"（lies）和"放下"（lays）
这两个词。

和其他语法知识一样，这两个词的区别又让我们大吃一惊。

你在床上躺下时不能用"lay down"。

那只能用于昨天或更早的时候。

你把一本书放在床上，要用"放下"（lay down），

但是形容你自己在床上，只能是"躺下"（lie down）。

我一直都在错误地使用这两个词。已经十五年了。

"放下"（laid）是过去时，用来描述母鸡生蛋的行为。

如果你是一只母鸡，就可以说你"放下"蛋。

我们还学了另一种时态"lains"。

这是过去完成时。

我就曾经躺（lain）在床上，用胳膊搂着枕头，

幻想那是乔迪。

我们"大脑细胞"小组的成员继续戴着帽子练习语法。

道格说："救护车来接我和他之前，

我们俩一直躺在（lain）人行道上流着血。"

露娜说："学会正确使用语法，这个责任

在（lies）你自己手里。"

阿楚勒说："儿童医院里的小孩们躺在（lying）那儿，

希望自己有气力和精神，练习代词、动词和宾格。

可是，一直到死去的那天，他们都只能躺在（lie）病床上。"

我对他说："嘿，我在那儿干活。你去那儿？"

罗斯博士出现在我的肩膀后面：

"你曾经去过那儿？"她纠正了我的语法。

我按正确的方法说了一遍。

阿楚勒说："是的，我在那儿工作。"

"你在那儿做什么？"我问。

"清洁工。我从未耽误过（lain down on）工作。"他说着，

还骄傲地用手将他的硬壳帽往后推了推。

我告诉他，我在洗衣房工作。他说清洁工的活，

是他目前能得到的离医生最近的工作了。

"你 —— 医生？"露娜问道。

阿楚勒说："对，我——医生。"他点着头。

我们听了都很震惊。

阿楚勒的家境并不比我们好。

他和我们一样，也住在贫民窟里。

他完全可以加入黑帮团伙。他的记忆力很好，

眼睛也很尖，在黑暗的街道上，

他那双眼睛就可以把你吓跑。

他非常强壮，一只手就能把露娜举起来。

可是阿楚勒要当医生。

道格对他说："你怎么会是医生？"

罗斯博士在一旁用眼睛瞪着道格。

"你怎么才能当上医生呢？"道格赶紧加上动词。

听了阿楚勒的回答，

我对自己的人生也更有信心了。

他说："我从四年级起就开始打工了。

我一直都在工作，有时打两份工。我一定能实现我的目标。"

我激动得站不稳了。

他就是一个普通的美国男孩啊。

住在贫民窟，上着穷学校，

生活在糟糕的时代，目睹周围的人死于枪杀、吸毒

和其他残酷的原因。

此后我们开始叫阿楚勒"准医生"。

"大脑细胞"的四位成员，各自戴着自己的帽子，

在房间里练习着用正确的语法说话。

我们的语法正确与否，似乎只有在这里才有意义。

这只是很短的一段对话，
我的心境却升华了。

那天下课前，
罗斯博士让大家一起背诵：
"我们将能驾驭
生活的风帆。"
她让我们像在合唱队里那样，
一齐背诵了两遍。

49.

梅蒂和安妮让我吃惊:
她们决定一改我们保持了七年的传统,
在梅蒂生日时不再在我家过夜。

这回,她们的团体要为本月出生的人
一起举办一个很大的生日宴会。
他们会一起玩叫"天堂做主"的电脑游戏。
现在,他们的活动地点变了,
这次是第四个教堂了。
我最担心她们会做的事
终于发生了。
我爸爸还在世的时候,我就已经认识梅蒂和安妮了。
在那段我已记不清的可怕日子里,我和她们在一起。
那会儿我们还是小姑娘,一起穿着小裙子
参加我爸爸的葬礼。
我的生活离不开梅蒂和安妮。
她们就像我每天要吃的东西一样不可或缺。

我能看到当年我们在冰上手拉着手的样子,
觉得自己是冰上公主。

那次是梅蒂的继父带我们去的，

是他进戒毒所之前很久的事了。

我们常常在一起编跳绳的顺口溜，玩蹦跳比赛。

我们还给玩具娃娃做小床。

那些娃娃只有我们的衣服口袋那么大。

她们俩都喜欢我妈做的那种切成三角形的三明治。

在我家我们学会了做巧克力生日蛋糕，

从那以后，不管是谁的生日，我们都会自己做蛋糕。

碰到坏事的时候，我们总是互相拥抱安慰：

无论是安妮的父母离婚，梅蒂的继父进戒毒所，

还是我们严厉的妈妈下禁令的时候。

生日时在一起过夜是我们的传统。

现在变成耶稣基督的了。

安妮再也不会让我帮她把头发分成两半了。

这会儿她头上戴着一个"天堂有我"的发带。

"说真的，你们在那个团体里能得到什么呢？"

我问她们，真的很伤心。

梅蒂的脸上现出一副全然不同的神色，

我很少见到。"我们得到了上帝。

我们将自己的生命给了他。"她用的是一种全新的语气。

她像是从另一间很远的屋子里对我说话。

安妮接着说："他们选我当他们的

信仰联系人。""嗯，什么？"我问。

我对安妮和梅蒂

说这句话的次数越来越多了。

"我不用去上学了。

我可以当信仰联系人。

我可以把人们带到上帝面前。

他们会帮我拿到高中文凭，还会给我工资。

他们说，我具备信仰联系人应具备的条件。"

安妮从来就不怎么喜欢上学。

她觉得学校的课程都挺难。

她已经有好几门课差点儿不及格了。

即便如此，退学也是件很荒唐的事。

梅蒂对她说："安妮，你真的不要这么做。"

我也说："你真的不要这么做。"

安妮几乎不耐烦地对我说："拉芳，你什么也不懂，别说话。"

她又有点儿过意不去，抱歉地说道：

"你好像挺喜欢我们的戏剧。我看你上次挺喜欢的。

你来参加一次我们的团体吧，

好吗，拉芳？"她和以往一样，把头歪向一边。

从我记事起，她说话时就是这样。

她的眼睛在告诉我：我要是听从她，她就会喜欢我。

"我不去。"说完，我一扭头就走了。

我的心里满是抗拒和遗憾的忧伤。

我知道自己做了一件绝情的事，

但我还是义无反顾地走了。

50.

好吧，你来听听这个：有一只粉红色的水母，漂亮极了。

人类制造的东西根本无法与之相比。

它如此炫目，优雅，生动。

它在一个隐秘的湖泊上自由自在地漂浮着。

那里离我们这个丑陋的地方有几千英里远。

那里几乎没有任何食物。

所以水母就在自己体内种了一整个花园的植物，

供自己生存所需。

这只水母白天浮在水面上晒太阳，

利用光合作用让它的植物生长，

晚上它就潜到深处，

吸收二氧化氮，

为植物上肥。

它不过是一只小小的水母。

就连它都能想出办法，

在不利的环境中生存。

这叫生物的适应性，是我在生物课上学到的。

我总是在想，这个故事告诉我了一个很棒的道理，

我应该记住它。

51.

在又一次生物课考试的前两天，

因为头一天在医院轮班，

我晚上都没睡好觉。

我上体育课还是与梅蒂和安妮在一起，

但我们几乎都不打招呼了。

看着她们和团体的人那么亲密，

我心里既愧疚又难过。

坐公共汽车回家时，我一直在读生物教科书。

我下车的时候，有两个很小的孩子也跟着下来了，

一脸迷茫。他们年纪太小了，看上去只有七八岁的样子，

根本还没到可以独自乘车的年龄。

"不是这一站。"其中一个小孩说道。

另一个小孩立刻紧张地哭了起来。

我蹲下身，看着他们的脸

和他们衣服上挂着的写有他们姓名的牌子。

我把手里的生物教科书放在马路边，

掏出身上全部的纸巾，

给这两个可怜巴巴的小泪人擦鼻涕和眼泪。

他们要去他们的奶奶家。

我对这位让他们自己乘车的奶奶非常气愤。

我看了一下他们身上带的地址，离这里不算太远。
这两个小孩太小，他们还基本不识字，
而这会儿汽车也开走了。

我和他们一起等着上了之后的一趟汽车。
汽车的司机认识我。
我跟他解释了为什么我们仨不必再买车票，
因为这两个小孩下错了车站。
司机挥了挥手，让我们上车了。
我们仨挤在一个座位上，
我给他们擦了擦脸上的眼泪。

我给他们讲了大象和大象家族的故事。
那些大象怎么照顾它们的小象，怎么教它们学本领，
我又瞎编了一段大象和小象一起玩耍的故事。
在他们到站之前，我一直设法逗他们高兴。
到站的时候，他们的奶奶正在那儿等着呢。
他们看见她就跳了下去。
这时我已经很不喜欢这位奶奶了。

我告诉她两个孩子下错了站，
他们坐车得有人领着，才不会走错。

她说我是老天爷派来帮助两个小孩的天使。

我说我不是天使，谁也没有派我来。

她应该好好照顾这两个小孩。

"我跟他们说了，我会在这站等他们。我这不是来了吗？"
她说道。

我的话显然伤了她。

我对她说："你知道吗，

你可能再也找不到他们了？"

她紧紧地搂住两个孩子，和他们一起走开了。

孩子们跟我挥手再见，我一个人回家了。

我讲的大象故事是真的。

它们很爱自己的家人，

它们对着死者的骨骸哭泣。

我从多走的那段路回来只用了半个小时。

可是这半小时却让我很生气，也感到更累了。

回到家时，我妈已经去开会了。

我吃了三口剩饭，

就躺倒在床上。灯也没关，

我就睡着了。

接下来的情景

就像是梦境中的一个梦，我不相信自己当时是醒着的。

那个俯身看着我，叫我"睡美人"的是乔迪。

他竟然奇迹般地出现在我的卧室里。

"嘿，睡美人，这是你的生物教科书，

你把它忘在汽车站那儿了。"

我的脑子清醒了些，

可心慌得厉害。

这时，乔迪正直盯盯地

看着我天花板上的小鸟们。

我从下面能看清他的喉头和下巴。

他把书甩到我的肚子上，

继续盯着天花板。

"我从来不知道你有这样的天花板，"

他用那双完美的眼睛朝下看着我，问道，

"谁画的？"

我告诉他是我画的。即便是在我那不着边际的胡思乱想中，

我都很难想象他会到我的卧室里来。

而现在，他就在我的卧室里。

我知道自己此时彻底清醒了。

"拉芳，你这么会画画，像米开朗琪罗一样。你画得真好，"

他接着说，

"那个树杈，上面还有树结和树叶，

还有那些小鸟。

你可从来没告诉过我。"

我来不及想那些我想对他说的话，

只说道："你也从来没问过我。"

乔迪这会儿可就在我的房间里啊。

"你怎么把书放到汽车站了？"他问我。

"你怎么进来的？"我问他。

"我用我的钥匙呀，老朋友。"

"哦，你问汽车站。

是因为几个小孩子。这话说起来就太长了。"

乔迪转过身走到门口，

说道："我会想念你的，拉芳。

你接着睡吧，再见。"

说完他就离开了。

门关上了，声音大极了。

紧接着，他又探进头来说道：

"把你的房间收拾一下，小姑娘。"然后就走了。

我的房间里满是乔迪散发的体温。

我什么都不想收拾。

52.

我正在赶着去生物课考试时，

乔莉突然抓住了我。

我这会儿没时间听她急切的请求，

她的眼神立刻变得很悲伤。

我已经好几个星期没见到她了。

我答应她，

放学后在托儿所见她，和她一起去接小孩。

她看着我的那副神情让我感觉到，

在她有生以来的十八年里

她不知收到过多少空头支票。

我告诉她："我会去的。"还隔着书抱了她一下。

我能感觉出她脆弱极了，因此又多抱了她几秒，

让她相信我。

生物课考试很吓人，但是我和帕特里克的实验笔记

为我们小组的问题做好了准备。

我把帕特里克不会拼的那些词拼了出来。

有一道题是讲水母的。

我一到托儿所，杰瑞米就在我身上跳上跳下，

吉莉不停地用我以前那个称呼叫着我——波。她那么友善。

就是这个孩子，在上次的事故中差点儿丧命。

我们把她包得严严实实的，放进小推车里推着她，

杰瑞米戴着他的小帽子，在车的一边跟着我们走。

冷风扑面，他那戴着小手套的手紧紧地拉着我。

乔莉开始迫不及待地给我讲她的新闻。她说得很兴奋。

我因最近对她不够关心而内疚，

所以听得很认真。

"他叫瑞奇。他这个人好极了,是造物主创造出的最好的人。

他长得也很帅，你看着他的样子就甘愿为他而死。

他奇迹般地

突然出现在我的生活中。

他喜欢小孩，

他亲自教杰瑞米读书识字。

现在我一想到这事，眼睛立刻就笑得眯起来了。

杰瑞米还不到四岁呢。"

"他也能识字了！他自己的名字，

'百事可乐''街道''福特'，

他什么都能认读了！"

乔莉气都不喘地讲着瑞奇，这个世上的奇迹。

"他对孩子好极了，

爱他们就像爱自己的孩子一样……"她讲得神采飞扬，

我听着都有点儿嫉妒了，

尽管我知道只有疯子才会嫉妒乔莉。

我告诉她："乔莉，你慢点讲，从头开始。"

杰瑞米在一边用一只脚蹦着，

不肯老老实实地走路。

我的手跟着他的跳跃摇动着，感觉好极了。

可是对乔莉来说，生活中没有什么真正的开始，

它更像是在意外和挫折中行进。

"他已经把我的名字文在身上了。"

"什么？"我自己都能听出我声音中的惊诧，

"在你的什么？"

我们到了汽车站。

我把吉莉从小推车里抱出来，

将小推车的两个轮子折到一起，准备往汽车上拎。

杰瑞米一边蹦着，一边数着"十七，十一"。

"不是在我的身上，是在他的身上。

在他的肩膀这儿，文着'乔莉'，

还有一个心形。'乔莉'两个字是写在那个心里面的。"

她用下巴夹住书，

用手给我指那个文身应该在胳膊的什么位置上。

"哦，"我说，"这就是杰瑞米怎么学会识字的？

从文身里？"

"你根本没在听。他正儿八经地教杰瑞米读书识字了。

哦，他太可爱了。

他从来不跟孩子生气——

等着，你自己看吧。"

汽车来了，

还是我去年去乔莉家时乘过无数次的那趟车。

我们把两个孩子先后放上公共汽车，

又将小推车从汽车的台阶拽上去。

我在想，她每天都是这样

自己一个人

做着这些事情。我的脑子里

想着乔莉的那些情况：

她十四岁时有了第一个孩子。

她的两个孩子的爸爸都从未露过面。

这一次她的生活中又奇迹般地出现了一个瑞奇。

我对这件事的第一反应

自然是怀疑。

"那太好了，乔莉。"我一边对她说，一边在

一群横冲直撞的胖孩子中

找座位坐下。吉莉坐在乔莉的大腿上，

杰瑞米坐在我的腿上。他把他的手套放到我的手里。

我注意到，他不再和他的眼镜过不去了。

乔莉从他的书包里拿出一本书，放到他的腿上，

一边跟我说话。

他打开书说："小猫咪们。你给我读这本书吧，拉蹦。"

我很吃惊：

杰瑞米说猫咪们在厨房，

可图书上明明画着它们在院子里。

我说："杰瑞米，你看，那是它们的院子，到处都是树。"

"不对。"杰瑞米用手指着

"猫咪"（kitten）那个字，读着"厨房"（kitchen）。

我的眼珠都要掉出来了，

这个小孩几乎会认字了。

"杰瑞米，你几岁了？"我问他。

他竖起三个手指。

"吉莉几岁？"

他竖起一个手指。"可是她快到两岁了。"他说道。

吉莉着急地拍着我的手，

让我接着讲故事。

乔莉捅了我的胳膊一下："瞧，我说的怎么样？"

我们俩惊讶地互相对看，

我又接着读故事。

杰瑞米跟我一起读着："派"是给猫咪们的点心。

我这会儿只想说：我得见见这位瑞奇。

生活不是很奇怪吗？多奇怪啊？

53.

我妈和莱斯特去看了那座他们一直在谈论的房子。

她这样告诉我："那房子的院子里确实有一棵树，

学校离房子很近，就在边上。

那所学校从未发生过枪击事件。

你想去一个安全的学校吗？

我们倒是可以在那块泥泞的地上种些草。

还得给那房子换顶。

不过，不管什么房子早晚都是要换新房顶的……"

我看着她那犹豫不定的神情。

"唉，有三个窗户是坏的。

可是修起来很容易。"

我能听见我在脑子里纠正着她的语法。

我以前注意过这些吗？

"还得换一个新锅炉，

得刷浆，也得给墙加保温系统。

住在那儿对莱斯特显然是个改善，

他现在住的地方太差了。"

我没说话。

"哎，拉芳？你的学校怎么样？"

我没说话。

"学校又有枪击事件吗？"

那些枪击事件。最近学校里没出现过。

"拉芳，我跟你说话呢，你应该回答。"

我于是回答了她。

"我在想我的朋友们，我上的那些课，

还有我的工作怎么办。"我说道。

这些都是真的，不过

我不指望她会相信我的判断。

离开乔迪！他说他会想我的，

就冲这一点，我也不想搬走。

虽说梅蒂和安妮把全部身心都投入到她们的团体里了，

可她们还是我的梅蒂和安妮。

"她们是我从小到大一辈子的朋友啊。"我提醒我妈。

"她们不会因为你搬走就不是你的朋友了呀。"她说。

我没法提乔迪的名字，我怕她会听到我的心跳。

我妈显然不是在对任何人说，而是对着窗户说：

"那房子外面的地都是烂泥巴。

可那是我们自己的烂泥地。"

她长出了一口气，把一个羹匙扔进了洗碗池。

看来这房子，这树，这安全的学校，还有这个莱斯特
都让她犹豫不定。

我听见我妈半夜里起来，

试图做出决定。她打开冰箱的门，

折腾架子上的东西。

她给自己泡茶，

翻阅杂志，

打开电视，又把它关上。

她在黑暗中哼着小曲。

54.

学校今天又发生了一起枪击事件。

自去年那起枪击事件之后。警笛声，

救护车，人们眼里都是恐惧，即使那些最镇定的人

也试图表现得不那么害怕。我有一门课去晚了，

因为我四处乱跑，想确定乔迪是否还活着。

老师没有注意到我迟到了。

一连几个小时

到处都是一片混乱和喧哗。

这里不像那些好学校，

发生枪击事件学校也不会关门。

不过，要让每颗心都安静下来，还是需要很长时间的。

每次有枪击事件发生，

他们就会把语法强化班的教学费用

拿去雇更多的保安。

这是露娜告诉我的。

罗斯博士也说露娜是对的。

"这也是为什么我说

最关键的是在座的每个人，"

她和以往一样，像女王巡视她的花园似的环顾我们，

继续说道，

"要想提高你各门功课的成绩，

必须要持之以恒。"她留出时间，让这个虚拟句式

进入我们的脑子里。

"你们要知道，你们的每一点儿进步

都是有记录的。每一点儿。

有些人可能已经注意到了。"

有两个人举起他们的手告诉大家说，

他们的辅导员找他们面谈过，

问他们对过去和将来

都有什么想法。

那都是因为他们参加了这个强化辅导班。

"这真的很简单，"罗斯博士解释说，

"如果你的进步能在你的成绩上表现出来，

你之后的那些低年级的同学就也会有幸

来参加这个语法强化班。"

她给了我们三秒钟的时间，如果我们想笑的话可以笑出来。

我们还因刚才的枪击事件而惊魂不定，没有人能笑出来。

"如果你们的成绩没有显示出进步，

我们教学的资金就会被拿走，就是这样。

这笔钱毫无疑问会被用来雇更多的保安。

我们生存在一个危险的世界里。

这是肯定的，没什么可说的。我们需要

相信的是——

需要彻底相信的是——

你自己，你自己，你自己，"

她用那双智慧的眼睛打量着整个房间继续说道，

"你能高高地站在那里，改写那些关于

'穷人区学校'的学生的统计数字，

给那些这样称呼我们的人看看 。

我们要改变这个庞大，

令人战栗，但又壮丽多彩的世界。"

她将自己的信念罗列出来。

"或许不是每个人都能看到

每天下午的这门课

对你各门成绩的提高有多少实际的帮助。

可我们能够清楚地证明

你们的思考能力增强了。"

她凝视着我们。

有时，我真想避开她的目光，

因为那就像飞机对着你的脸飞过来一样。

"记住，我们的目标是表达清晰。

清晰透彻。

只有表达清晰我们才能于世有益，

只有于世有益，

我们才能在这个世界上有良知地活着。

只有有良知地活着，

才能让人们的愤怒平息。

这个屋子里有多少人真的想上大学？

真的想去？"

我们这个班剩下的十一个人都举起了手。

尤其是"准医生"让我们"大脑细胞"小组的几个人

一直坚守着目标。

"那大家凑紧一点儿，仔细听着：

你们有可能——你有可能——不必上这门语法强化课

也能上大学。但问题是能否坚持上完大学。

啊，这是关键的不同之处。

我们有多少条街上都是曾迈进了大学门又出来了的人。

他们心中充满了失望，

因为他们不知道，

该怎样才能理解我们周围的世界。

再过几个星期这个学期就结束了，

你们也只剩几个可爱的下午了。

有多少人会坚持到底？"

"大脑细胞"的成员都举手了，其他七个人也是。

不知为什么，

这个奇怪的人让我产生了一种发自内心的自豪，

而我以前竟不知道自己拥有它。

她带领着大家说："我们将能驾驭——"

我们一起接下去："驾驭生活的风帆。"

"很好。今天我们来练习宾格的'谁'。你们中有多少人

用过这个字？"有三个人举了手，

都不是我们组的。但和其他的语法知识一样，

我们很快就学会了这个新词的用法。

而且，我们学的时候不再翻白眼了。

"有人在学校里开枪。这种行为非常恶劣。"

"他要射杀的是谁？"

"我不知道，但是我看见那颗子弹的弹道了。"

"你没看见。

因为你和你那错误的警惕感那会儿都在数学课上呢。"

"你认识的人中还有谁当时在那层楼上？"

我一直在想，事情发生的时候乔迪在哪儿呢？

生物课上讲的染色体变异，
语法课上宾格的"谁"和改写统计数据，
医院里那些濒临死亡的小孩，
学校里的枪击事件。
我脑子乱了，不知道了。我真的不知道了。

55.

乔迪和我是同时回到家的。

外面下着冰冷的瓢泼大雨，什么都在滴水，

我们在昏暗的灯光里碰上了。我的皮肤闪着水光。

他说："那个中枪的完全可能是你。"

"我知道。"我说。

他说："我很高兴不是你。"

我的心一下子激动起来。

"我还跑了出去，看你是不是还活着。"我告诉他。

"你真的去了？"他让我进门，

他的眼睛和嘴巴立刻变得警觉。

"是的。"如果再有半秒，

我就会用胳膊搂住他，

变成一团火，

他就会立刻明白，

他的心会向他解释。

我们之间的静默，几乎让我踮起了脚

马上就要这么做了。这时他却把眼睛移开了。

他又成了一座岛屿，

在几英里之外，

我还站在原地。

我们和其他三个被雨淋湿的人一起进了电梯，

他们身上滴着水，抱怨着。

我那装得满满的书包碰撞着电梯的墙壁。

他们会怀疑什么吗？

电梯里的每个人

都能感觉到我在全身心地爱着这个男孩吗？

56.

梅蒂和安妮这阵子在玩滚球。

她们先是在耶稣基督教会那里玩，后来在别的时间也玩。

她们没有告诉我。

但是她们想到我了。

"在科学课上他们教你

我们都是从猴子变来的，对吗？"安妮问我。

我们刚刚上完体育课从淋浴间出来。

"嗯，也不完全是猴子。"我回答说，

我们都去拿自己的浴巾，

"有适应环境的因素，

有基因的关系，

有化石……"我们都甩着头发上的水。

我一点儿都没注意到

安妮的声调如同准备好的陷阱，

开始讲解起来：

"你看过鲸鱼鳍状肢和人手的比较图吧？

它们多么相像啊？"

梅蒂将双腿挤进她的牛仔裤，

安妮还站在那里用毛巾裹着身体。

"还有大象的前面

和蝴蝶的前面多么相像啊？

你知道胚胎中的我们是什么样吗？

我们看上去和蝾螈一样。

我们甚至也有鳃。"我还完全没有察觉，在那儿继续讲着。

"进化论是反对上帝的。"

梅蒂用发布声明的语调说道。

我想到了她可怜的继父，把运动衫的帽子罩在头上，

眼睛盯着电视机的样子。

"我不那么认为，"我说，"或许这一切就是

上帝脑子里的一个宏伟庞大的计划？或许，万物的细胞

也在上帝的想象之中？"

安妮和梅蒂快速交换了一个眼色，

不知情的旁观者是一点儿都看不出来的。

只有和她们在一起这么多年的我能看出来。

安妮开始说她要说的话了：

"拉芳，你太自不量力了。"

这话攻击了一个我完全没有想过的地方。

"你现在上着高级课程，

你成天捧着那本吓唬人的生物教科书。"

我的嘴唇开始颤动——

"你有那帮聪明透顶的朋友，

你去参加什么强化班。你打理着自己。

你浑身上下都透出一股盛气凌人的劲儿，

别以为我们看不出来。"

我脑子里一片混乱，什么话也说不出来。

我嗓子眼里一阵发堵。

梅蒂对我说："你觉得自己好得连耶稣基督都没法接受了。

这是最糟的。"

这一切太可怕了，发生得太快了。

我感到窒息，嗓子里发不出声音。

这都是怎么回事啊？我扪心自问。

这一切怎么都不容我有空去想就发生了。

我还没搞清楚她们到底在谴责我什么。

"等等——"我说道。可她们已经走了。

我跟跟跄跄地走到教室，

想要做我的作业，

可是脑子发疼。

下课后我去了医院。对着一摞摞白床单，

我把它们一件件铺平，叠好。

我就这样叠了好几个小时，

脑子里晕晕乎乎的，充满了各种可怕的想法。

不过，这么不停地叠床单

对我还是有点儿帮助。

回家的路上我告诉自己一切都会好的。

这不是梅蒂、安妮和我第一次发生分歧了。

可是我们以前那么亲密，就连我们的例假

前后都只差几个小时。

现在，她们的还是差不多时间来，

我和她们则差一个星期了。

57.

第二天早上我的理智还没恢复，
我真想逃离自己的躯体。
帕特里克又把"光合作用"和"凝血酶"拼错了，
我都已经告诉过他两次了。我觉得像他这么会思考的人，
不应该犯这种错误。我跟他说了我的想法。

他这天穿着那件绿色的上衣，
袖子都抽丝了。
他用他那慢悠悠的嗓音说道："拉芳，
你觉得你比我强。"

我摇头表示我没那么想，
可胃里像是装了一块石头。
他说："我每天都在帮你，
我清洗玻璃片，检查孢子的发育，
可你看着我，就好像在看一堵墙。"
他说话的时候眼睛都没眨。
"你说我很可笑。
我请你跳舞的时候，
你连头都不肯抬一下。"

我的屁股沉重地落在实验室的凳子上。

"我给你送情人节卡片，

你竟嘲笑我。拉芳，你太刻薄了。"

"帕特里克，你那张情人节卡片挺好玩的——

所以我才……"说到这儿我就打住了。

他说得没错。

"我做了多大努力才进了这个班啊，"

他一字一板地对我说着，

"你根本想象不到，我住过

多少寄养家庭。

你做梦都想不到我看到过的那些事情。

你那么鄙视我，把我看得一钱不值。

你是一个——那个词是什么来着？"他说这些话的时候，

一直用眼睛盯着我。

难道他看不出来我为此感到抱歉吗？

难道他看不出来我已经为此很难过了吗？

难道他不知道他已经不用再接着说下面的话了？

我摇着头，愧疚得脑子都在发痛。

"无情。拉芳，我只能说你很无情。

你就是这么无情地对待我。

拉芳，我希望你也能真的遇上点儿坏事，
我真的希望如此。"他的眼睛还在盯着我。

我胃里一阵恶心。
这会儿就连说声"对不起"似乎都是一种侮辱。
而昨天我还告诉自己我会好起来的。

我想着我自己，那个维纳·拉芳，
那个我从未见过的拉芳，
正在离我而去。

帕特里克把身子转了过去，
读着生物教科书，
做生物配子体的笔记。

或许这就是乔迪不肯接近我的原因。
他想远离我的刻薄。
这就是帕特里克那句话的意思：
"这么说，他不是你的男朋友。"
我羞于在楼道里见到任何人，
早早地进了语法强化班的教室。
我瘫坐在自己的座位上，眼睛看着地板。

露娜走进来，扔下书包，
对我微笑着。

她就是那么做的。她微笑着。

我忍不住开口了。我把这些讲给露娜听。
刚开始我一点儿一点儿地吐露，后来越说越快，
最后简直就是在倾泻。"不仅梅蒂和安妮
这两个我一辈子一直信任的人这样对我，
连帕特里克也这样对我。他话说得那么重，
我觉得我的胃都要碎在实验室的凳子上了。
我怎么会这么让人讨厌呢。
我从来都没想过这些，一次都没想过。
我没觉得自己多么让人讨厌。
我想都没想过。"

我没提乔迪，尽管他的事是这一切的中心，
他在我的心里占据着神圣的地位。

当我把这些全都倒出来告诉露娜后，
我就蔫在桌子上，没精神了。
我都不确定露娜是不是合适的倾诉对象。

她应该是，因为我找不到别的什么人能让我讲这些事了。

"你想听我的真实看法吗？"她问。

我已经听了太多真实的看法，不想再听了。

可是，她没理会我，接着往下说：

"拉芳，我喜欢你的孤傲。多少也是因为这样，

我们才会来上这个强化班的，对吧？"

"你说什么？"我问。

"在这个房间里，我们必须骄傲和自信。

这也是我们到这儿来的目的。上这门课，

我们就是要有所改变。

你的那些朋友们没法欣赏这一点，

他们不知道怎么去欣赏。"

我静静地听着。其他人陆续到教室来上课了。

露娜最后的话让我大吃一惊。

她把身子凑到我的脸前说道：

"去年秋天我走进这个教室的时候说'别了'。

等到十月份的时候，我跟我的男朋友说

'不要这么惰性十足'。"就这样他和我吹了。

这就是我付出的代价。"

"你从来也没说过这件事呀。"我悄声说道。

"是的，我没说过，"她悄声回答，"我得
自己权衡感情上的得失。我得
从中找到某种平衡。我必须这么做。"

罗斯博士开始给我们上课。

我从后面看着露娜，

心想，她讲的话有一半可能是对的。

58.

我回到家，和以往一样，又见到莱斯特在那儿。

和以往一样，我能闻到他又买了花。

并且他又坐在了我的凳子上。

那凳子已经被他用支架加固了。

我坐上去试过。

我听到客厅里传出我妈那软绵绵的声音，

"噢，莱斯特那可太糟糕了，

真的是太糟糕了。

这么好的人，怎么会遇到这么倒霉的事呢……"

莱斯特反口问道："那你觉得我是好人吗？"

他的声音滑溜溜的。

"我要是觉得你不好，就不会让你上我的餐桌。"

我妈柔和地把他顶了回去。

"学校怎么样，拉芳？"他用他那种客气的语调问我。

"你过来坐坐，跟我（主格）和你妈说会儿话。"

他应该说"跟我（宾格）和你妈说会儿话"。

我回答说，学校挺好的。

我生活里的事情太多了，

我都不知道从哪儿讲起。

我拿起书，回到我的房间。

我给照片上的乔迪一个飞吻，

又用自怜的口气

问他，

他是不是也觉得我太自以为是了。

我趴在床上看着那些作业。

我心里太难过了，根本无法安心做作业。

我试图集中精神。

和平时一样，我照例把房门留了一条缝。

不一会儿，我听到外面说话的声音大了起来。先是我妈：

"骚扰你？莱斯特，我没听错吧，你是说他们骚扰你？

电话公司打电话骚扰你，

管你要账，是吗？"

她的音调越来越高。

哎呀，莱斯特，这下可有他好受的了。

莱斯特还没有领教过我妈

是怎么对付吞吞吐吐不愿讲真话的人。

我待在床上没动，但身子往门那边倾斜。

我不想错过这场戏。我把数学书从膝盖上挪开，听着我妈的调门越提越高。

"他们跟你讲了几次，要你交房费？"

莱斯特说了些什么，我没听清。

她的声音低了一点点：

"电话费你也没交？

你说你已经交过电话费了，莱斯特。你跟我说你交了。

这么说你一直是在电话亭里给我打电话的？"

莱斯特说了什么，我又没听清。

莱斯特的语调很轻柔，很友善。

可我妈却恰恰相反。她的声音一下子提高了八度：

"莱斯特，你没跟我讲真话。你说谎了吗？"

哎呀，莱斯特。

这会儿他们俩的声音又都压低了，

好像在平静地讨论如何解决问题。

我把数学书又放回到我的腿上。

就在这时，大战开始了。

我不由自主地把头伸了出去。

那一幕发生得很突然，我还认为是在看电视呢，

我妈完全不是平时的样子了。

"我给你三分钟的时间，你立马拿上你的衣帽，

带上你的花，从这个门给我出去。

把门钥匙放到后面那张桌子上。"

"你说什么？"他也像是在电影里一样。

"莱斯特，你没听错。你现在就给我走！"

我隐隐约约听见沙发垫子弹回去了的声音。

听到鞋在地板上行走的声音，还有钥匙串的声音。

最后是金属与木器相碰的声音。

门打开了，

又关上了。

莱斯特在三分钟之内就离开了，

我则继续坐在我的床上颤抖着，

为这样一位孤傲的女人。

59.

最后一根稻草？我曾那么想要

改变我生活中的这个主角，

我曾希望她也有痛楚，好来给我做伴。

我一遍一遍地问她，再问她。

她重新摆弄着房间里的家具，

打扫客厅架子上的灰尘，

将那个结婚瓷瓶洗净，擦干，空着

放回到原处。

原来，莱斯特干了一件最不该干的事，

他不知道后果会怎样。

莱斯特的确很欣赏我妈。

他每次用肚子顶着椅子帮我妈在餐桌就位，

尽情地吞着我妈做的棒极了的鸡，

柔嫩的鲜鱼，她烤的红薯，她煮的奶酪面，

她自制的比萨饼，

铺着一层草莓，加了新鲜奶油的橘味蛋糕，

她做的胡桃派。他欣赏的是我妈做的那些美味佳肴，

而我妈却一直都没看清这一点。

不过，莱斯特不知道的是，

他可以在这儿想吃什么就吃什么，

他可以在这儿享受温暖舒适、干净整洁的房间，

他可以在夜深人静的时候，随时给我妈打电话告诉她

他多么珍视我妈，

他甚至可以说服我妈，让我离开从小长大的生活环境，

搬到那个屋顶需要换，院子里长着树，

但满地都是烂泥的地方。

可是，他却不知道有一件事他绝对不能提：

从拉芳上大学的账户上，

贷一点款，借一点钱。

你的脑子那会儿在**想些什么**，莱斯特？

你怎么会出这种错，以为你能

让我妈偏离初衷？

莱斯特，

他的生活方式很低劣。

他用一副让人舒服的嗓音，

和他对舒适生活的向往，

找到另外一份工作，

换了一个办公室。

他想的就是在那儿找到一个心地宽厚的女人，

能为他做饭，

欣赏他送的花，

相信他许下的承诺：

给她的阿姨们买一整盒

新式助听器电池，而结果是这盒电池从未露面。

这个女人还要和他搬到一座房子里。

这个男人的手软绵绵的，

脑子也软绵绵的。

我听着我妈在那儿，边讲边收拾着，

外面的抽屉和柜门不停地打开又关上，

我妈把我爸爸的照片又都找出来

放回原处。家里又到处都是我爸爸的照片了。

接着，我妈就开始熨衣服。

她熨了我们所有的棉质服装。

熨了我的牛仔裤，我的内裤，我们的洗碗巾，

她洗了我们的窗帘，又把它们熨好，

她熨了睡衣，运动衫，她的浴袍和我的浴袍，

她还熨了锅垫和抹布。

她不停地熨着。

天很晚了。
学校的作业加上
我那绞尽脑汁也想不清的生活，
弄得我的脑子一团糨糊。
我琢磨着自己为什么竟会不知道
自己有多么讨厌。
我问我妈：
"妈，你在干什么呢？"
她回答道："我在熨东西。"

60.

（我觉得自己像个括号。

这个世界上发生的一切事情

都在我的生活之外：

乔迪和他的抱负以及他的秘密，

梅蒂和安妮，帕特里克，露娜，

我妈用熨衣服来维系她的自尊，

每个人都能对某些东西产生认同，都能对某些事做出决定，

都会对某些事情表示气愤，并且知道为什么，

都有自己的主意。

只有我不能。

我只想待在我自己的房间里，

看着天花板上的绿树

和我那些待在窝里的小鸟们，

躺在我自己熟悉的床上，旁边是我的蓝色书柜，

上面有乔迪给我的已经放干了的橘子，

墙上挂着我们俩高兴地在一起的照片。

我想让这一切都静止，

不动；

让整个世界在我的门外

运转。）

61.

可是，一天就足以改变你的生活。
一分钟，甚至十分之一秒，就足以改变你的生活。
就因为你做了一件事，而不是其他的事，
你的生活就完全改变了。

要是那天罗斯博士没有生病卧床，
要是我加入了"为耶稣基督并紧双腿"，
去了他们的团体活动。

要是我家没有碎巧克力片，
要是我家冰箱的冷冻室里没有橘子皮
供我碾碎放到饼干里。

可那天我偏就烤了饼干。

事情的起因是这样的，乔迪的妈妈天还没亮就
从楼下上来了。
她手里拿着乔迪的作业，
说乔迪不能迟交作业，不能丢掉他能得到的任何学分。
他要申请游泳奖学金，

就必须拿到所有学分。

他妈妈让我把他的作业带到学校，

交给两个不同的老师。

我说我可以做这件事。

她说乔迪真的生病了，发烧等等，

今天不能上学。

他只是患了重感冒，可还是得小心。

乔迪的数学作业本上，有些隐约可见的手印，

我在清晨的昏暗中

用手指拍打了几下纸页。

我把他的作业和我的东西一起放进书包里，

到学校交给他的老师。

我告诉老师乔迪生病了，老师对我表示了感谢。

生物课上，我和帕特里克就像一个盒子里的两支铅笔，

平行地搁在那里，老死不相往来。

我的愧疚使我无法用正常思维行事。

体育课上，梅蒂和安妮也把我晾在一旁。

她俩绕开我，不断地互相交换着眼色。

她俩佩戴的耶稣饰品让我感到格外孤独。

我像平时一样将我的洗发液递给梅蒂，

她摇头不接，说她自己带了。

周围是警笛的声音夹杂着老师讲课的声音，

我则在自己的躯壳里，豆荚中，

度过了孤独的一天。

我早早地去了医院，又早早地离开那里，

心里想着乔迪，想着我们将来一起上大学，

一起穿着那种黑色的毕业礼服和帽子参加毕业典礼，

一起找到工作，他会看到我和他是多么般配。

我比平时早到家。

于是很自然的是，我想给乔迪

做些饼干，祝他早日康复。

后来我曾一遍又一遍地问自己：

我那天完全可以去做很多别的事情；

再做一组生物实验，在医院多加一会儿班，

为上大学多攒些钱，或者做点儿其他什么事。

要是我做了那件我应该做的事：

下课以后，去生物实验室找帕特里克，

向他道歉。因为在课堂上，我找不到机会跟他道歉，

他一直把脸扭到一边不看我，

而周围又都是人。

可是我做的却是：化开黄油，

和白糖及红糖拌在一起打发，

将香草汁和鸡蛋搅拌好，

在盆里用小苏打加盐让面粉发酵，

把冷冻的橘皮碾碎掺进去

（冷冻的时候更容易碾碎），

同时加些巧克力碎片和核桃仁。

我喜欢将核桃仁用手掰成很小的块。

没准还应该再加点儿葡萄干？ 我问自己。

这个问题似乎还挺有趣。

饼干在烤箱里的时候，

我用笔记本上的纸

和红、蓝、绿色的标记笔

做了一张卡片。

上面画的是乔迪躺在床上，

嘴上衔着一支体温计。

这张漫画不算很有创意。

我有点儿不好意思，

觉得自己应该更有想象力才对。

烤好的饼干放凉了之后，我把它们放进盘子，

将它们一个摞一个地

排列成圆圈形状。

我把做好的卡片放在饼干上，

再用塑料薄膜

将整个盘子包起来。

我打算用我的那把钥匙把门打开，蹑手蹑脚地溜进去，

以免打扰病人。

我打算将饼干放在客厅的鱼缸边，

就是我上次留下那张舞会照片的地方。

我想象着乔迪会多么**高兴**。

他会抚摸卡片上那可笑的漫画，

然后笑起来。

此刻我的生活中有这么多令我困惑的事情，

而这是一件会让我感到高兴的事。

我有一种慷慨和清新的感觉，

用罗斯博士的词就是，头脑清晰。

我端着盛饼干的盘子，拿着钥匙，

坐电梯到三层楼下。

电梯里有一个弯腰驼背的女人，

看着饼干说道：

"拉芳，你是个好姑娘啊。"

我从盘子的一边揭开塑料膜，拿出两块饼干给了她。

她又说了一遍："拉芳，你是个好姑娘啊。"

我出了电梯沿着楼道往乔迪家走，

真希望有人能把楼道里的灯换一下。

我把钥匙插进门下的那副锁眼里，拧了一下。

几乎没出一点儿声音。

于是，我又将钥匙插进上面的锁眼里。

几乎也没出一点儿声音。

就这样我悄悄地进了门，我的心激烈地跳动着。

我用左手掌心平端着盘子，

悄无声息地打开了房间的门。

我至死都会记得

当时我多么担心饼干会滑动，

我摆好的形状会走样。

我走得不快但是很稳。

我轻轻地走进昏暗的房间，一只手小心翼翼地平衡着盘子，
另一只手抓着门，防止关门时声音太大。

我第一眼看到的是鱼缸上的台灯

和两个人影。我只看到被鱼缸遮住的

两个脑袋。

他们好像在说悄悄话。

可是我定睛一看，

眼前那一幕将我的脊梁骨一下子就拉了回去，

尽管我眼睛里的某种力量还在往前推着我。

我认出了乔迪，却不认识另外那个人。

我只知道那是个男孩。

我僵在原地，看见他们的嘴对在一起。我呆在那里

无法动弹。

那一盘饼干

径直落到了地毯上，

我的生活也被整个打翻了。

我再也不能做拉芳了。

这不可能是我的生活。

我退着走出门，

没把门全关上。

一出门我立刻就
跑了起来。

我不记得自己是怎么乘电梯的。
或许我走的是楼梯，
我也不记得自己是怎么走进家门的。
我只是走着。漫无目的地走着。

我记得
后来我在床上枕头下的黑暗中想起来，
我得把烤饼干的那堆烂摊子收拾一下，
不然我妈回来会问我烤的饼干去哪儿了。

我记得我把自己从床上拽起来。
我记得面前用肥皂水泡着的
那个搅拌面糊的面盆和烤饼干的锡纸。
我记得用一块蓝海绵擦洗做饭的台面。
我一定拿过那块海绵。

是的，我一定拿过那块蓝海绵。

Part 4

第四部分

62.

我突然醒来，睡意全无，墙上的钟显示凌晨三点十四。
我心里想着，或许这一切并没有发生。
要是我现在下楼，
或许会看到乔迪正在一边做作业，
一边嚼着那些饼干。
因为感冒他还吸着鼻子。

我拼命想抹掉
乔迪和那个男孩在一起的一幕。
我假装他还是原来那个乔迪
那个教我怎样在滑板上换重心，
和我一起跳舞的乔迪。
可是，我怎么也忘不了台灯下的那两个脑袋。
我的嗓子眼被一团东西塞住了，
我知道我没法装作自己不知道。

我手里拿着剪刀，
走到穿衣柜前，
从中间把我的蓝丝绒连衣裙剪开，
将它摊开放在那儿，像看着一个敞开的伤口。

以前我从来没有干过这种事。
看着被我剪开的布条，
我的感觉并没有变好一点儿。

难道这就是帕特里克那句话的意思吗：
"这么说，他不是你的男朋友。"
直到五点二十六分之前，我那黑黑的卧室里
就像在放电影，全是当时那一幕，那两张脸，那个鱼缸
无论如何也挥之不去。

63.

上学是不可能了。我的脑子

已分崩离析，乱成一团。

我已经分不清前面、后面和侧面了。

和平时一样，我妈又来叫我起床。

而这时我唯一感到安全的地方，就是在被子下面。

我做了一件我从未做过的事：我跟我妈讲我不能去上学了。

"你，什么？"她问道，她的语气很轻，却透着一股狠劲。

我重复了一遍。

"你病了吗？"她想知道。

"没有。"我回答说，同时把头扭向了床边。

"我没病，但是我的脑子里乱极了。

我需要冷静下来。

我害怕极了。"我每说一句话，

嗓子里的那团东西就涌上来一次。

我又把头放回到黑暗中。

我妈站在过道里

说道："这可太糟糕，太让人失望了。

拉芳，你告诉我，你喜欢蓝色吗？"

"为什么？"我问道。我的眼前是鱼缸后的那两个男孩。

"我就是问你喜不喜欢蓝色？蓝色的车？

你不觉得有一辆蓝色的汽车挺好的吗？"

我问她，她为什么要问这个，是什么意思？

可我的头还躲在毯子下的黑暗中。

"好吧，拉芳，在高中你能逃课一天，

你就一定不会念完四年大学。那可太让人难过了。

我在想，既然你不需要那笔上大学的钱，

我应该怎么把它派上用场。

我真的很不喜欢坐公共汽车，

不如去买辆蓝色的汽车，那该多好啊。"

我把头伸到外面的冷空气中。

要是我妈能像别的女孩的妈妈那样，我就可以在家待着了。

鱼缸后的那两个脑袋，

在我的眼前晃动着。

我从床上爬了起来。

我看见自己穿着睡衣。

可我一点儿也不记得我是什么时候穿上它的。

此生我再也不想见到乔迪了。

我已经知道该怎么绕远路，

躲开他。

不过，现在所有的一切都颠倒了。

两个男孩子接吻，这种事我在梦里是否想到过？

没有。厨房里的一切，都还是我收拾过的样子。

我把笔记本的封面撕掉，

把里面的纸放到活页夹里。

我又把撕掉的封面扔进垃圾箱。

我想到那些准备自杀的孩子们，

他们看上去和别的孩子没什么两样。

他们也是先吃早饭，再去上学，

走进厕所，然后吞下毒药或向自己开枪。

新闻里播送他们的消息时，我常常会琢磨

他们当时在想什么？

我一直迷惑不解。现在，我懂了。

64.

我想变得麻木，

呆傻，

像块大石头。

我宁可做颗小石子，

也不想当拉芳。

生活怎么还在继续往前走呢？

为什么一切不能就此停止呢？

我每分每秒都会想到乔迪，他的眼睛，他的声音，他的脚，

他将手插在屁股口袋里站着的样子。

每每想到鱼缸后的那两张面孔，

我喉咙里就有块和房子一样大的东西浮上来。

数学课上，他在我的两腿间游弋，

眼睛从我的肩膀后面往前看，

用他的那种样子。

我觉得上课像是在演戏。

梅蒂和安妮在体育课上和另外三个女孩

打闹说笑。

她们都带着同样的手链，上面写着"知道你的界限"。

我注意到了，可是没感觉，也不介意。

我知道乔迪此时正在同一栋楼里的某个地方行走着。

帕特里克看着我活页夹里的那些零散纸页，

注意到我把那些写着"乔迪，乔迪，乔迪"的封皮撕掉了。

但是，他还是把脸转了过去，一直用后背对着我。

我看着我们的植物细胞，一点儿兴趣也提不起来。

在语法强化班上，我努力避开罗斯博士的眼睛。

她说："丰富你的生活。"

她又说："活跃思想。"

她说："当我们必须做出重大决定

改变自己的生活时，

那些命运攸关的时刻，往往会以假象呈现在我们面前。"

我直想尖叫。可是我一句话都没说。

"大脑细胞"小组的人从来没见我过这个样子。

我绷紧神经

不让自己发作。我随时都有可能因为撑不住，

而彻底垮掉。

小组里的人好像都看出了我的异样，

大家都在帮我掩饰。

道格用只有我们四个人能听到的声音说：

"拉芳，一切都会过去的。

你现在感觉很糟糕，但一切都会过去的。"

我看着自己那双手

在紧紧地抓着我的大腿。

我就像街上那些自言自语的疯子。

我们小组集体握拳时，道格把我的两只手

也举了起来。我任由他摆布。

我甚至连一点儿谢意都没表示。

65.

如果你是我你会怎么做呢?

我把床单和枕套拿到化疗那层楼。

我握了莉·安的手。

我觉得自己像个幽灵似的移动着。

我的生活是隐秘的,

是看不见的。

可是,我能听见我的脚步

在楼道里行走。

我还在坚持着。

几个小时之前我觉得自己根本坚持不下去。

我在做着我做不到的事情。

66.

我只想回到自己的房间，

一个人待到地老天荒。

我手里拿着钥匙刚刚走到门口，

从我记事起就与我家为邻的一位老邻居

看到了我。

她趿着鞋从门里走出来，

手里拿着一个花瓶，里面装着一枝粉色的玫瑰花。

一条紫纱彩带从花瓶里露出来。

她说是花店的人送来的。

彩带上别着一个小信封，上面写着我的名字。

那是乔迪的字迹。

我的心一下子就像被打翻的水桶。

她问今天是不是我的生日，

还对我说生日快乐。

我告诉她这天不是我的生日，眼睛紧紧盯着那枝玫瑰。

我真的好想去死。

我对老邻居说谢谢她。

她对我快乐的少女时代微笑着，

她那布满皱纹的双眼为我美丽的青春而闪光。

我把从肩膀上滑落的书包拉了回去，
从她手里接过那个塑料花瓶，
用钥匙打开了
我家公寓的门，里面的布局和乔迪家一模一样。
在他家放鱼缸的地方，
我家摆着一个沙发和一张歪歪斜斜的小桌子，
上面都是用旧了的痕迹。

吉莉需要去医院的那次，
我带杰瑞米回到了这里。
我曾担心他们的生活以后会怎么样。
这回轮到我自己的生活乱了套。
我想闭上眼睛，让这一切远离。

我回到自己的房间，把放着玫瑰的花瓶摆在书桌上，
然后在床上躺下。
我看着天花板上那个小鸟的窝，嘴里哼着
《杨柳，为我哭泣》那首老歌。
我试图清空自己的脑子。
但是我做不到。人的大脑如此繁忙，

想法在不断形成，问题被不断提出。

我运行中的大脑拒绝休息。

我只看得见乔迪和那个男孩，他们俩的脑袋，

他们在昏暗中接吻。

我永远也不会打开那个信封。

"哈哈，拉芳，那完全是个玩笑。"

"我就是想让你走进我的房间，让你嫉妒。"

"我们这么安排就是为了让你进来。这一切都不是真的。"

"拉芳，我真的很爱你。"

"拉芳，你在生我的气吗？"

我的脑子怎么也放不下这一切。

67.

我一直没碰那个夹在彩带上的信封。
日子一天天过去，那枝玫瑰花也凋零干枯了。

我想到了安妮的脸，
她一直都不喜欢乔迪，
她在参加那个团体的活动。
我会告诉她，我有多生气。
不，不，我不能告诉她。
我永远都不能告诉安妮。我也不能告诉梅蒂。
我不想做那种卑鄙的事情。

那枝干枯的玫瑰和干瘪的橘子
都在我的书桌上，好像在讥笑我。
我把舞会的照片和乔迪家的钥匙一起
放到了一个鞋盒子的底下，
又把鞋盒子放在壁柜的最下面。
那件被我剪碎的连衣裙还挂在上边。
我把照片放在最底下，这样它就能从我的生活中消失。
可事实却不是这样。

我从后门溜进溜出，躲着乔迪，

可仍然惦记着存放那张照片的地方。

68.

接下来发生的事情是：

我的脑子因为沮丧成了一片糨糊。

我的生物考试考得一塌糊涂。

第 25、26、29 道题我都没能答上来。

当我看到试卷上的分数时，

心里有种末日来临的感觉。

是什么样的末日呢？

不再相信自己的头脑，

或是不再期望任何男孩会爱我，

不再希望上大学，

不再有任何美好的感觉。

我怎么能把一切

都搞得这么糟糕呢？

我怎么会让自己的生活就这样从手中溜走呢？

69.

去儿童医院的路上，

我停下来观察一只闪亮的甲壳虫

一步步地在人行道上爬行。

一块大石子挡住了它的路。它停了下来，

好像在等待什么，然后突然开了窍，

它调整了自己的方向和角度，向右边绕过去。

我说了一个用来形容这类昆虫的希腊单词：

鞘翅目（Coleoptera）。

这类昆虫在进化程度上比蟑螂要高出很多。

甲壳虫继续缓慢地爬行，

又来到了一条人行道上常见的裂缝旁。

那地面破破烂烂，

就像被挖掘机铲出来的小坑。甲壳虫往坑下爬去，

一毫米一毫米地移动身体。

当它行至坑底，需要往上爬的时候，

它又停了一会儿，

然后开始往上爬。

我对自己说：拉芳，假设你就是这只小小的甲壳虫，

你四周都是行人的脚、自行车和滑板，

你要在几分钟之内穿过马路，

旁边还有九路公共汽车

和汽车溅起的沉渣。

我顿时觉得这世界很悲哀。

一切都很悲哀。生命是如此渺小和脆弱。

你真的不知道它什么时候会结束。一瞬间

你就可能从一个世界

进入另一个世界。

乔迪，

梅蒂和安妮，

帕特里克和他那艰难的生活，

我那永远离开人世的爸爸，

从未见过自己爸爸的吉莉和杰瑞米，

还有儿童医院那些孩子们。

莉·安没准会永远等待下去；

那些因化疗而秃顶的小孩们

拖着细弱的腿

在色彩鲜艳的活动室里玩着游戏；

他们不久就会离开这个世界。

这一切都是悲剧。

为什么以前没人告诉过我？

我带了吉莉和杰瑞米那么长时间，
竟然没有认识到这一点。
为什么我以前看着我妈的脸时
没能看出这一点？
为什么非要等到现在我才认识到这一点，
而此前却一直都不明白？

70.

辅导老师把我叫去了，
就是那位给我调班，
让我有问题就找他的老师。
他在办公室里，系着领带，脸上挂着教育家的那种神态。
他让我讲讲"为什么没能继续像以前一样努力"。
他说："拉芳，我们都在竭尽全力地帮助你，
我们相信你有前途。"他提醒我，
他是如何把我从科学课的普通班
转到快班的。

我没法告诉他，我刚刚发现
生活是一场悲剧。
我只是坐在那里。

"拉芳，你想上大学吗？"他问道。
如果生活是一场悲剧，我干吗还要上大学呢？
可是"上大学"这三个字，多年来
对我如此重要的三个字，击中了我。
我从来没有想过不去上大学，
现在我怎么会改变想法呢？

我告诉他我想上，我从五年级起就想上大学。

"要是那样的话，我们想帮你实现你的愿望。我们不能

再看到你的成绩不稳定。你听清楚了吗，拉芳？"

我想告诉他，我生活的方方面面都不稳定，

整个悲惨的世界都不稳定，

可是一想到大学，

猛然间我觉得这一切都不是悲剧了。

"是的，我听清楚了。"我回答了他，我的回答真实而肯定。

"我想上大学。可能想当个护士？"

我这个想法就是在那位老师的办公室里冒出来的。

我自己都不知道我会这么想。

就是这个因为乔迪甚至想死的人，

这会儿又想上大学当护士了。

生活真的太奇怪了，我的脑子一定不正常。

"当护士？"他很有兴趣地问。

我把在儿童医院工作的事告诉了他，

还讲了那里的情况。我跟他说了莉·安的事，

还给他讲了我见到的那些吸毒的母亲生下的婴儿。

他从椅子上往前探了探身，

说道："拉芳，你想

到护士学校去参观了解一下护士职业吗？"

我得回答他。

他是说我可以当个护士吗？

"哦，或许不是做个真正的护士。

或许是做个护士助理？

或许只是个护理员？"

"嗯，就是当个真正的护士。"他说。

"干吗不是当护士？"他没有开玩笑。

"干吗不是护士？"他又说了一遍，自己问自己。

一切都发生得太快了。

我还没来得及想清楚。"哦，我不知道。"

我刚刚把成绩弄得很糟糕，

现在竟又在谈论怎么当护士。

"拉芳，我会亲自检查你的生物课成绩。

每周都会亲自检查。

你想当个护士，

我们会竭尽全力帮助你实现你的目标。

但是你得尽你自己的努力。

我会亲自来检查你的成绩的。

走吧。"他站了起来，伸出手来同我握手。

"一言为定？"他说。

我把手伸出来和他去握手。

我以前没怎么和别人握过手。

"一言为定。"我说。

他说："拉芳，停下。把你的手伸出来，
我们再重握一次。"我把手伸了出来。

他说："再多用些力气。"他是什么意思？

"把我的手握得更紧些。"

我照着做了。

"不行，还得再用力一点儿。这就对了。
现在用你的眼睛看着我的脸。"

我看着他。

"不行，你不能看一眼就将目光移开。
用你的眼睛盯着我，
手紧紧地攥住，
再握手。
眼睛不能离开我的脸。"

这一切对我来说很陌生。

他松开了我的手，满面笑容。

"你要成为一名护士，需要坚定地与他人握手，

而不是轻微地拍打一下对方。

和人握手的时候你要直视对方的眼睛。"

我点了点头。

"你懂我的意思吗？"

我说懂了，然后才离开。

你说，生活到底是不是一场悲剧呢？

71.

接着生物课的老师
也让我下课留一下。
我一直都在躲着她。
帕特里克也一直用后背对着我。
我们俩分别检查我们培育的植物细胞，
彼此连袖子角都不碰一下。
我已经看到了我做错的那几道考题，
有的完全错了，有的只是有一点儿失误。
"成绩倒退是件很危险的事，拉芳。
退步就像流沙一样。你懂吗？"

她的表情让我觉得
我这场悲剧更加严重和可怕了。
可她话锋一转，说道：
"拉芳，两周后我们要组织一次
参观护士学校的活动。
你要报名参加吗？"

不但辅导老师这么问我，
这个女人也来问我？

问我这样一个住在破烂肮脏的街区，

上着这样一所危险的学校，生活里满是不幸，

学习成绩又这么糟糕的学生？

"拉芳，跟我说你想去。"我还没想明白是怎么回事，

但我知道这可能是最后一个机会。

"我要在谁那里报名登记？"我问。

"你在谁（宾格）那里报名登记？"她重复了一遍我的问话。

"我说错了吗？"我问。

"没错！没错！一点儿也没错！太棒了！

你用的是宾格的'谁'！

这么说你想去？"她的脸上满是笑容。

我点了点头。

"这就对了。"她说。

我鼓足勇气问她：

"你为什么问我这件事？

问我要不要去护士学校参观？

而我的测验成绩这么差？"

她的眼睛里透出坚定的神情，说道："因为，

拉芳，你真的一点儿也没想过吗？

你难道没有看到吗？

在我们这个学区里，

有一些非常认真努力的学生，

一些很勇敢、很有决心的孩子，"

她抓住我放在书桌上的手臂，

压低嗓门，用近乎耳语的声音说道，

"我们不能失去你。一个也不能。

我们不能让你掉队。"

72.

帕特里克。第二天我醒来的时候，

帕特里克的名字出现在我的脑海里。

或许我应该为他做点儿什么。

我可以试着对他好一点儿。

我真想远离这一切，

我什么也不想做。

可是，我却径直走进生物课的教室，

站在帕特里克的背后，低声对他悄悄地说：

"听着，帕特里克，我知道你不想和我说话。

但是，我要和你说。"这些话我早就想好了，

它一下子从我心底深处涌了出来，

显然已经等了很久。

帕特里克继续在实验台上读书，我接着往下说。

"你说对了。我是错了。

我的确很糟糕，很刻薄。我侮辱了你。你那么聪明，

我觉得你至少可以把身子转过来一下。"

他弓着腰，身上穿着那件棕色的运动衫，没有挪动。

我没有让自己停下来。

"帕特里克，"我接着用很低的声音说道，

"我对不起你。"

我注意到他的肩膀轻轻地动了一下，

可几乎看不出来。

接着，他的书翻过了一页。他的脚也开始移动，

他慢慢地从实验室的凳子上转过来。

他用沉稳的目光看着我说道："我也对不起你。"

我觉得周围的空气暖和起来了。

因为我跟他道了歉，

他也说了"对不起"。我们的道歉里包含了许许多多的话。

我们看着对方，

他的脸上慢慢地出现了笑容。

他问我："你想做棘皮动物实验吗？"

我点头。我坐到实验凳上，

拿出我的书，

我们开始做棘皮动物实验。此时我觉得自己变成熟了一点儿，

我感到那么轻松，

浑身都在颤抖。

我们一起复习了海星和海胆

为什么有可能源于同一个双边祖先的知识。

既然我觉得对帕特里克有了更多的了解，

便问起他脖上的十字架是怎么回事。

"是修女们给我的，

我从来没摘下来过。"他说道，

"我觉得她们照顾我这么多年，

一直供我吃喝，

我应该把她们给我的十字架带在身上。"

"这么多年？"我问。

"是的。每次我的寄养家庭出了问题，

修女们都会接我回去。

她们喜欢我，因为我不是那种难对付的孩子，

而且我的数学成绩也不错。"

帕特里克有一双真诚的大眼睛，

我能想象出他小时候

拎着衣服，回到修道院时的模样。

"为了安全起见，她们把我的手套缝在我的外套袖子上。"

他说着，脸上露出了信任的微笑。

"十字架是什么意思呢？"我问他。

"十字。我也不太清楚。耶稣被钉在上面，

痛苦不堪。它应该是在提醒世人吧。"

"提醒世人什么呢？"

"嗯，提醒……哦，提醒世人罪恶的存在。

罪恶时刻守候在我们的身边，

我们总要面对它。"

"那进化论呢？"我问他。

"进化论怎么了？"他反问。

"圣经不是说，进化论不是真的吗？"

帕特里克笑了起来："圣经当然没说。谁告诉你的？"

我突然想要保护梅蒂和安妮，

不让别人笑话她们。"你别管是谁说的了。

进化论是不是违背了圣经？"

帕特里克的眼睛翻了一下，说道："完全没有。

你要是非得一个字一个字地抠，

圣经里讲到的那些时间的确有点儿荒唐。

比如说，那里面的人都活好几个世纪——

诺亚活了九百三十岁——

女人九十几岁生孩子，

宇宙的诞生只用了六天。

但圣经不是日历。它是一部故事书，

还是一本记录生活教训的书。我敢说

修女们把圣经中的每一个故事都讲给我听了。

而且讲了不止一遍。"

"嗯。"我说。

我接着又问他:"你去教堂吗？"

帕特里克说:"哦，有时候去，

有时候不去。为什么？"

"我只是想知道。我们还是做海星的题吧。"

在语法强化班上，我继续问这个问题。

"露娜，你去教堂吗？"

"有时候去。你为什么问这个？"

"我在想上帝是怎么回事。"

"这你可别问我。

我对上帝一无所知。"她说。

"那你觉得上帝怎么样？"我追问道。

"哦，我不知道。或许上帝是万物的开始吧。

质子的开端，所有生命的第一次呼吸。可能是这样。"

"可是，你不能肯定，是吧？"

"不能肯定。"她说，"谁又真的知道呢？"

"那你为什么还要去教堂呢？"

"哦，我妈非让我去。

我一直希望搞明白上帝是怎么回事，

能听懂他那些教诲。不过，我喜欢教堂的音乐。
听着，拉芳，你出什么事了？
就是那天，你为什么那么魂不守舍？
到底是怎么回事？"

我告诉她，我不能说。
我不能把在乔迪家见到的事情
说给露娜听。我得保证那是件真事，
才能说出来。
"真的不能说？"
"露娜，我不知道该怎么说。"
"好吧，你要是改了主意，
可以再告诉我。听到了吗？"

询问有关上帝的事，
比想乔迪的事更容易。
道格和"准医生"走了进来，
我又问了他们。
道格说，他不信上帝。
我问他为什么。他说这个世界上
罪恶丑陋的事情太多了，上帝是不会允许它们存在的。
"准医生"的观点不同，他不能肯定上帝的存在。

"我不想说上帝不存在，

但是我也不想说上帝存在。

两种说法都没有令人信服的依据。"

"那你觉得进化论怎么解释呢？"我问。

露娜说了和帕特里克一样的观点：

"进化论和圣经并没有冲突。"

我说："我只是想问问。"

道格说："我给你举个例子，

所有的宗教都有自己的真理，

但它们都不知道世人所见的那些罪恶

为什么会产生。

所以它们就彼此指责。"

"准医生"插进来说道："不管是谁，每次发动战争，

都说上帝站在自己那一边，

他们打的是圣战。这就是宗教。"

罗斯博士像是嗅到了什么，出现在我们的课桌边：

"'大脑细胞'全体成员，我很欣赏你们的讨论。

可是，你们中的某个人用错了'谁'的主宾格。"

她说完继续朝下一个小组走去。

关于教堂的问题，我问了我所见到的每一个人，

我干吗不问问我妈呢？

"噢，我们以前当然去教堂了。

我和你爸爸一起去。你也去。

你还上礼拜日学校呢。"

"后来呢？"我问，

"后来，去教会太孤单了，

而且教堂的音乐总让我想哭，

我就不再去了。"

她沉默了几分钟后说：

"我还留着你上礼拜日学校穿的裙子呢。

在盒子里放着。"

对我来说，这可是一个新闻。尽管我的生活里

尽是一些稀奇古怪、令人怀疑的事情，

可我没想到我还有这么一条小时候穿过的裙子。

没等我回过神来，

我妈已经把那条小裙子洗净，熨好

晾在卫生间的浴帘杆上了。

裙子是黄色的，打着褶子，是童码四号的。

我把脸放进小裙子里，想努力记起

我那时的样子。我是怎么说话的，

都干了些什么。可我只能感受到裙子的质地和纹理。

我记得我妈给我喂我饭，梳头，把我放到床上让我睡觉。

我还记得每次出门时，

我妈拉着我的手的那种感觉。我抱着小裙子，努力回忆着

小时候的事情，

很想一个人安静地待在那儿。

可这时我妈高声地说道：

"你没想想，拉芳，

要是没有上帝的帮助，

我怎么可能一个人抚养你度过那些日子呢？"

我在自己的房间里待了好几个小时，

盯着书桌上那枝凋谢的玫瑰，回想着一切。

我一遍一遍地想着。

我的生活中发生了太多事情。

除了我在周围见到的这些事，

我也在想地狱里的那些人，

如果他们真像梅蒂和安妮她们团体说的那样进了地狱的话。

我在想所有那些我爱的人。

我的脑子不停地想着这一切。

73.

午饭后

我去储物柜拿一本书。

就在这一刻，我回头

正好看到乔迪

从我的面前走过。

他那双闪闪发亮、让人无法抗拒的眼睛，

不偏不倚正对着我。

或者说，我的眼睛本来可以看别的地方，却对上了他的。

如果这是在另一个世界里，我可能会

把他搂在怀里，亲吻他的嘴。

我们或许会一起跳舞到世界末日。

但是在这个世界里，我把目光

移到了他身后的陌生人身上。

而他也从我身边走了过去。

这是一个很普通的身着 T 恤衫的男孩，

他给一个女孩送了一枝玫瑰。

而那个女孩却从不肯打开他送的卡片。

整堂数学课我都在颤抖着。

74.

我那天纯粹是突发奇想。我从医院
回家的路上要经过一座教堂。
它还是那个样子，前面的石头台阶上
经常坐着一个无家可归的人，在那儿读杂志。
我下了公共汽车后，没有直接回家。
当时天已经快黑了，我自然而然地想到，
那个无家可归的人要睡在哪儿。
我走上教堂的台阶，走进那扇沉重的大门。

教堂里很安静，听不见市区的喧哗。
有一个人正拿着拖把
打扫着凳子底下。他扛着拖把
径直来到我的面前。
这是个中等身材的男人，穿着毛衣，戴一副眼镜，
告诉我他是这里的牧师。
我不知道该问他什么了。
忽然间梅蒂和安妮参加演出的那出戏
从我脑子里冒了出来。
我含含糊糊地说："要是一个女孩做了流产手术，
她还能不能来这个教堂呢？"

这并不是我脑子里最紧迫的问题，

但在我提起勇气之前它可以帮我拖延一会儿时间。

他把眼镜摘下来说道：

"当然可以。我们就是要帮助你的。"

"我说的不是我，我只是问问。"

"我们的门对每个人都敞开，"他用令人信服的声音说道，

"你想知道我们有什么青少年服务项目吗？

都在这儿。有我们的宣传小册子，我们定期出版的刊物，

我们的日程表，我们青年部的介绍。"

他又把眼镜戴上，一只手举着拖把，

带我走到教堂的另一侧。那儿放着一张桌子，

上面整整齐齐地摆放着不同颜色的纸张。

他拿起几张递给我。

"还有一个问题。"我接着往下说，

希望这里像它看起来的那样是个足够私密的空间。

"你们会——你们这儿有——"

我听见自己的声音在变弱，

"你们让……同性恋的人到这儿来吗？还是不可以？

他们要进地狱吗？

你不会——没有——有没有——

或者说——哎呀,算了,算了。给我吧,我把这些材料拿上,
谢谢了!"我准备离开。

可这位牧师让我停了下来。"当然了,
我们欢迎每一个人。
我们都是人。
上帝不会拒绝接纳任何人,
我们也如此。"

他看着我这个想要堕胎的同性恋女孩。
"我们来到地球上不是为了互相排斥的。"
他说着,脸上的笑容那么慈祥,
我差点儿想立刻就加入这个教会。我趁机问道:
"可您怎么会这么肯定呢?您怎么知道上帝或其他的事情
是怎么回事呢?"
他拄着拖把说道:"我们只能抱着希望。
依据我们的信念来思考。"

"谢谢您,"我一边说,一边卷起了手里的彩色传单,
"现在我得回家了。"
他说:"谢谢你来我们这儿,祝你的心灵获得安宁!"
我往大门走去。

"年轻的姑娘？"他叫道。我转过身。

"如果有地狱的话，

它会等到我们彼此不再关心的时候才出现。

我们不想让任何一个人进地狱。"

他挥着手，举着拖把往回走。

"祝你的心灵获得安宁！"

我不记得以前有任何人

曾对我说过这句话。

75.

我的名字列入了参观护士学校的名单。
为此我妈兴奋得脸直放光。
"我从未想到，我女儿会有这个荣幸。
我从未想到。这多让人骄傲啊！拉芳！
你可真棒！"在经历所有的厄运后，
我终于遇到了一件好事。
有那么几分钟的时间，我把那些令人害怕的坏事
都抛到了脑后，为自己感到庆幸。

我回到房间，
里面到处都是和乔迪有关的东西。
我往壁柜望去，
想知道我的连衣裙是否真的被我用剪刀剪坏了。
我看见它在那儿挂着，里面朝外翻了过来，
被剪得乱七八糟。它羞辱地挂在那儿，
后背上还带着乔迪那看不见的手印。

我刚把作业本摊在桌子上，
就听门外传来我妈那
不带一点儿怀疑的声音：

"我敢肯定家里有巧克力碎片。

拉芳，你知道那些巧克力碎片到哪儿去了吗？"

"拉芳，回答我。

你怎么那么没礼貌？ 我问你

巧克力碎片都到哪儿去了。"她提高了嗓门。

"拉芳，你把一整袋巧克力碎片都吃了？

这里有胡萝卜、橘子，也有葡萄，你都可以吃啊，

拉芳！ "

我知道我妈早晚得问我这件事。

我本应该买一袋巧克力碎片放回去的。

我怎么就没买呢？

自从那天我烤的巧克力饼干从盘子里掉到地上，

我就再也不想看到巧克力碎片了。

我走进厨房，坐到那个凳子上。

"我用了那袋巧克力碎片。"

我本来想永远避开这件事，

可还是让我妈发现了它。

"你为什么不跟我说一声？ "她不耐烦地说道。

我不知道该怎么告诉她。这件事不仅仅会让她不耐烦。

这件事比用光了巧克力碎片

可要糟糕得多了。

"你为什么不跟我说一下呀？

你在房间里听见我问了，你听见了呀。"

直到我哭了起来，我妈才不再

和平常一样

继续追问这件不平常的事情。

"发生什么事了吗，拉芳？

眼睛看着我，拉芳。

我能想到一百件可能让你烦恼的事情。

你还是直接告诉我怎么回事，这样我就不用猜了，

维纳·拉芳。"

我看着她，她在我的泪眼里十分模糊。

"你怎么猜也不会猜到这件事，"我说，"永远也不会的。"

"拉芳，生活里的绝大多数事情我都知道。

告诉我是什么事。"她走过来，用胳膊搂住我，

"宝贝，告诉妈妈。"

在此之前，我希望这件事不是真的，

所以从来都没大声讲出来。

我从来没说过这样的事情。
"乔迪病了，我给他做了饼干。
我想当他的女朋友，想要他爱我。
我去给他送饼干的时候，
看到一个男孩在亲他的嘴，
他也亲了那个男孩。"
我讲的时候哭得非常厉害，几乎没注意到
我妈的身体有什么反应。
但是，我后来清楚地记起，
那会儿她的身体也在急剧地膨胀和收缩。
她那因喘息而强烈起伏的身体
充分呈现出一个母亲的力量，
成了一堵供我倚靠的大墙。

我希望自己大哭一场，然后把这件事赶走。
我希望冥冥之中有个上帝，
他能把已经发生的事情反转过来。
我和我妈好长时间都没说话。
我哭了又哭，我妈就在那儿抱着我。
"拉芳，我告诉你。我不知道

你的心底深处，就是那个最疼痛的地方，
现在是什么感觉。
我从来没有过那样的感觉。
不过，你可以坐在这儿大哭一场，
我不会离开你的。"

于是我这么做了。我哭的时间
比杰瑞米和吉莉一整年和我在一起时哭的时间都长。
我都能画出泪腺图了。

我哭得停不下来，我妈也在那里陪着我。
她把手伸到后面
关上了水壶下面的火。
但是她搂着我的手一直放在那里。

她搂了我也许有好几个小时，也许只有几分钟。
然后她让我躺在床上，给我做晚饭。
她做了很好吃的牛肉蘑菇汤。
她搬了一把椅子坐到我的书桌前，
屋外垂柳的影子在房间里晃动，
我和我妈一起在我的房间里吃了晚饭。

我太专注于倾吐自己的感情了，什么都不想做，几乎没吃。

"你现在该有胃口了，你是死不了的。"

我妈想和我开个玩笑。

可这并不是件好玩的事。

那枝插在花瓶里枯萎了的粉色玫瑰

已经被推到了我的书桌后面。

我妈说："你找时间打开那张卡片看看。"

我看着晚饭，心想

或许我会打开，或许永远不会。

"我把我的连衣裙剪坏了，"我说道，我的声音听起来

就像小孩子在做这类事情时的语气，

"就是我参加舞会时穿的那件连衣裙。"

我把头往壁柜那边扬了一下。

她把盘子放到我的书桌上，

站起身，走过去，看着

我用上大学的钱买的这件连衣裙，

小声叹了一口气，

然后回到她的椅子上，

又端起了盘子。她点了点头，

我们谁也没说什么。

我们继续吃饭，只听见叉子在碰撞。

我吃了几口，看着

盘子里的菜汁流得到处都是。

警笛声划过街道。

我妈继续沉默着。接下来她说道：

"拉芳，你想办个生日聚会吗？"

我觉得我没法承受生日聚会的场面。

我说我不想。

"拉芳，你听着。

我们可以庆祝你甜蜜的十六岁，

每个女孩都应该庆祝。这是个……"

我妈放下盘子，走到我的床前，

又一次用胳膊搂住我。

她看着我的脸说道："宝贝儿，

这对你来说太难了，太难了。我知道。

或许开个聚会能让你感觉好些？

我们准备点儿气球彩带和蛋糕怎么样？"

我只想就这样待着，

让我妈搂着我，

任她不停地劝我。

我们就这样待上一阵子。

我心里难受极了，但是
我已不像先前那样完全失去了平衡。

梅蒂和安妮会来我的生日聚会吗？
要是她们不来我还有必要办吗？或许应该办一个？

等我们吃饭后甜点酸奶酪苹果布丁的时候，
我已经有了答案。

76.

不过，我并没有信心。

我坐在公园里，

用在食堂吃饭时剩下的面包渣喂鸽子，

一边想着要请谁来参加我十六岁的生日聚会。

这份名单，

我从很小的时候起就开始筹划了。

可现在我真不知道有谁会愿意来。

梅蒂和安妮会来吗？"大脑细胞"小组的人呢？

帕特里克呢？乔莉，吉莉和杰瑞米呢？

还有他们的那位瑞奇，他们会来吗？

把这些人聚在一起很奇怪。

我承认。

我把面包渣一块一块地扔给那些鸽子。

我不知道自己的心是否

也被撕成了一小块一小块。

那些鸽子其实是岩鸽，属原鸽类。

在动物的分类中，它们是脊索动物，亚门脊椎动物。

它们往下冲时，翅膀上
每一根羽毛的边缘都是卷着的。
所以一遇到危险，它们就能立刻飞离，
它们的脑子很小，不会记得
那些让它们害怕得必须飞走的事物。

我只知道
堵在我嗓子眼的那团东西，
那团时不时就来折腾我一下的东西
有了变化。
前天晚上睡觉前，我问了上帝一些问题，
包括为什么他要让我经受这么多折磨。
那时，那团东西还堵在我的嗓子眼里。
可第二天早上我醒来的时候，
那些坏事还在我的脑海里，
那团东西却从嗓子眼里消失了。

我就这样没有预兆地
发现了一件事：宗教是为了教人学会信任。
而信任是用来干什么的呢？
我想出来了：信任就是在你走投无路的时候，
助你前行的精神支柱。

77.

在护士学校参观的过程中，

我假装自己已经是那里的工作人员了。

我甚至喜欢他们穿的工作服，他们那既快又轻的走路方式，

他们拿的瓶子和戴的手套。我也喜欢那些词：肾，神经。

我们一共去了十五个人，来自两所不同的学校。

其中只有几个人是我以前见过的。

有两个和我一起上生物课，

我认识但不熟悉。

另一个在我的语法强化班上。

带我们参观的人给我们讲了什么是心房颤动和心房停颤，

还给我们介绍了激光技术员的工作。

我们参观了心脏监测仪和它的操作过程。

他们说要了解这些，我们就必须得上化学课，

或者应该已经在上化学课了。可我还没选这门课呢。

他们讲到这个要求的时候，我试图躲在一个胖男孩的身后，

怕他们提问的时候会问到我。

他们讲道，要想在急诊室工作，就必须具备铁石般的心肠

和钢筋般的神经。娇气的人是干不了的。

你会经常见到喷血的场景，糖尿病患者昏迷不醒的样子，

以及很多药物过敏的情形。

我们还去了小儿科。

那里就是我打工的那座楼。我觉得自己已经知道了

他们讲的一些高深的知识。

说起来真奇怪，我只不过是在洗衣房里干活。

我们走在我工作的那几层楼上，

大家指指点点地谈论着我很熟悉的那些地方：

儿科重症监护室，这里的人管它叫 PICU，

检查室、放射室等。

他们说的那些词我都已经知道了：脊柱断裂，耳鼻喉科，

硬膜外腔，检眼镜，心肌炎。

我们每到一处，

都会看到疾病和健康并存着，

人们在试图将前者改变成后者。

我怎么才能成为他们中的一员呢？

我可能根本就不应该去想这个问题吧？

这个问题一定很紧迫。

我连讲解的内容都没听见，

脑子里只是一遍一遍地重复着这个问题：
这真的不可能吗？

在回家的公共汽车上，我想到
我爸爸在急诊室里死于枪伤。
当时的急诊室里一定有护士。那些护士们
看到了我爸爸死前的所有情况。对他们来说
我爸爸就是一位死去的患者，
是另一个心脏停止跳动的人。

他们可曾知道他还有一个小女儿？

78.

在我想要得到的所有事物中，

我最想要的是什么呢？

是我一直说的，上大学，

是乔迪，

还是对生活的解答？

是让梅蒂和安妮重新喜欢我，

还是做一个照顾那些小孩的护士？

这一切我都想要。

这未免有点儿过分。即便有上帝，他可能也做不到。

那这其中的哪一个我可以舍去呢？

想想我妈的日子。她每天都在生活。

她几乎什么也没有。我爸爸不怎么完美，

这点她承认。他脾气很暴躁，到处乱放东西，

也很固执。

可是他们俩一直很相爱。

我出生的时候，我爸爸竟然还落泪了。

后来我爸爸被枪打死，我妈失去了他。

她的生活中只剩下我，

一个既有福气又厄运缠身、半大不小的孩子。

看看妈妈的生活,

再来问自己:她那样的生活,我过得下去吗?

79.

我邀请的每个人都答应来我的生日聚会。

乔莉还说要把瑞奇带来。

或许是那次参观护士学校的活动

给了我去找梅蒂和安妮的勇气。

我是不可能不邀请她们的。

我跟她们讲，我没有觉得自己好得连上帝都不需要。

我跟她们说我没有以为自己很了不起。

我跟她们道歉说我不该对她们无礼。

对我的歉意，她们没有表示任何同情。

"拉芳，你上的那些新课

给了你那么多好机会。可是你不明白，

撒旦是有可能来找你的。"安妮说道。

"要是你今天下午和我们一起去我们的活动，

我们可以帮你得到拯救。"梅蒂说。

我不想让她们在那位带有偏见的上帝面前为我祈祷。

我连忙说："不管怎样，你们还是来我的聚会，好吗？"

就在我的眼前，梅蒂和安妮

互相问道:"界限?"

"界限,嗯,我们是在和拉芳……"

"什么是你们讲的界限?"

我迫不及待地插进去说道,

"听着,

我们从那么小就在一起,那些界限对我们有什么意义?"

她们回敬我说:"我们得少和那些不信基督者来往。"

"为什么?" 我的声音又有些不友善。

"让上帝去对付那么多杂七杂八的人

太难了。和不信基督者交往是会给我们带来非分之想的。"

安妮,和我交朋友时间最长的人,

竟会觉得和我在一起会让她难为情。

我的心律在加速,没等想好该怎么措辞

就张嘴说道:

"来往?来往?

我和你们可不只是有来往。我们是多年的朋友。

我们曾一起在被窝里读漫画。

我不是一个和你们只有一般来往的人。

你们怎么能这样看我?"

我头一次注意到她们戴的手镯上写着：
"知道你的界限。"原来是这个意思。
意思是让她们不理我。

结果梅蒂先软了下来。她说：
"拉芳，我们去参加你的生日聚会。我去。"
她并没有完全放下她的强硬语气。
"我也去，"安妮跟着说，
"这是庆祝你甜蜜的十六岁的生日啊。"

有好一阵子，我不知道该怎么对待她俩。
有时和朋友打交道也会让人很难受。
不是吗？我很气愤却又笨得不知怎么表达，
她俩也是。

80.

我什么也不懂。
我一直是个笨蛋，傻瓜。
有时事情能够顺理成章，
有时我觉得自己来错了星球。

不过有一件事我要说说。
我妈把我爸爸的那些照片都放回了原来的地方，
并且又找到了一张，
是他和他周六打篮球的球友在一起的照片。
等她将这些照片都放回到原处后，
事情有了好转。

她甚至说我爸爸出现在她的梦中，
温和地笑着告诉她："那件事不太明智，
是吧？"他只说了那一句话。
可她知道他的意思。

我不知道该怎么理解我妈的这个梦。
我不能像梅蒂和安妮那样去相信一件事，
我还没有碰到一件事能让我觉得就是那么回事，

我能完全地相信，但我的心里存在着信任。

我相信世上的某种存在。比如我跟你讲的那颗海星，

还有科学课谈到的那些令人惊诧的事。

一整个晚上，我都在那儿整理我的书包，

告诉自己我能再挺过一天。

虽然外面下着雨，湿乎乎的，十分泥泞，

一大早的天气冷冰冰的，

我和那些直不起腰、皱着眉头的老人

一起站在公共汽车站等车，

却觉得我的胳膊和腿都很有力。

我相信事物的可能性。

相信可能性

可能发生。

相信有一天，我可能不再迷茫。

我嗓子眼里的那团东西，

还会时不时浮上来提醒我生活中存在的那些麻烦事。

可是，它每次只出现一小会儿。

我真的相信。

事实如此。

81.

我被收进了暑期科学课强化班，

这令我大吃一惊。

我知道那是因为我在科学能力统考中

取得了好成绩。而我也没想到我能考得那么好。

暑期我仍然可以继续在儿童医院的洗衣房工作，

他们甚至给我增加了几个小时的排班。

同时我也可以去上暑期科学课。

那门课每周上三天，

讲授化学和微生物学的知识，

让你不至于比好学校的学生差得太远。

他们把我们送到城市另一边的一所大学里上课，

那里有六个真正的实验室。

他们给我们发了公共汽车乘车证，

不过，你必须保证不会辍学。

帕特里克也来上这门课，"准医生"也来了。

露娜是去年参加统考的，

她来重新上这门课。

帕特里克的统考成绩在全市排第十二。

生物课老师把这个消息告诉了大家，帕特里克自己不肯说。

他已经知道他想当个脑细胞专家了。

他有聪明的大脑，他一定能成为脑细胞专家的。

面试的时候，

他们问了我十几个问题，

都是为暑期科学班拨款的政府想知道的。

办这个班的另一半资金是一位匿名的有钱人捐助的。

他们问我需不需要申请补助

买笔和本子？我告诉他们我不需要。我不需要买笔和本子。

他们问我要不要实验费的补助，我也回答不要。

接受这种补助，

会让我妈大发雷霆。

我妈说我能上这门课

是老天赐予的机会。她在报名注册单上为我签字时

身体挺得笔直。

辅导老师紧紧盯着我的脸对我说：

"拉芳，我们都寄希望于你。这门暑期科学课

可能会改变你的命运。"

他说，他们找到了我，这很幸运。

"如果让你再等一年，可能就太晚了。"

他又试了试我握手时是不是用了力。我合格了。

他笑了，说道："我会来检查你有没有进步的。"

暑期科学课即将开始，

有时我可以整整一个上午

都不会想到乔迪。

这让我自己都很吃惊：他怎么就这样

从我的内心消失了呢?

晚上一个人的时候，我听见自己在重复罗斯博士的话：

"我将能驾驭生活的风帆。"

我觉得自己并没有真的懂它的意思。但我还是要说。

82.

梅蒂和安妮突然显得极为烦躁。

她俩小声地说着话，

然后都掉下了眼泪，

接着她们手叉腰，用脚跺着地。

是他们的团体出了事。"我可接受不了！"这是安妮在说话。

"我们才刚刚开始强壮起来啊，"

梅蒂说，"我不相信竟会发生这种事情。"

我不喜欢听她们团体的事。可是我很自然地想知道

她俩为什么那么哀伤。

谁又能看到自己一辈子的朋友那么哀伤而漠然置之呢？

她们情绪激动地告诉我：

"那个教会不是真正的基督教会，

他们不同意我们团体的章程，

他们的信仰是错的。"

"怎么回事？"我问道。

"是我去看你们演出的那个教会吗？"

"不是，拉芳，你根本就没有听。

自从那次演出后，我们不得不两次搬家。"安妮对我说。

"这个教会本来是接纳我们的，

现在又将我们的团体踢出去，

每个人都被赶走了。"安妮接着说。

"好吧，'叫我们'……

'叫我们离开'，这是他们说的，"梅蒂讲，

"他们说绝对不向我们妥协。

我们也根本不想去他们的教会。

他们的信仰是错的。

他们的负责人没有我们的好，根本不懂圣经。

如圣经所言，他们是假信徒。

我们团体的负责人气愤极了，他们在半夜开会

决定向这个教会提出抗议。

这个教会说我们的团体太极端了。

什么叫太极端了？热爱主怎么会太极端呢？"

唔！

我只知道我从一开始

就觉得她们的团体不对头。

"我们都气坏了，正在写标语，

准备上街集会。安妮快走吧！

我们这会儿应该在那儿，"梅蒂说，"再见，拉芳！"

她们气势汹汹地冲出门。

"气势汹汹"这个词是我刚刚从罗斯博士那里学到的，

用来形容气愤时的凶相。

他们的团体真的上街集会了，

连警察都来了。

他们往教会的窗子里扔瓶子和鞋子，

梅蒂和安妮的牧师

把圣经砸到一个警察的脸上，

所以被关进了监狱。

电视新闻上都能看到他们团体的负责人

在那里高声喊着主。

"上帝啊，"我妈说，

"普世快乐耶稣基督教会，

梅蒂和安妮这次真的跟着去闹了，是吗？"

新闻上播出的场面很可怕。

我说："是的，她们去了。"

我妈用手搂住我的肩膀，

亲了我的脖子一下。

"太糟糕了！这一切都太糟糕了！"她说道，

"我以为她们应该有点儿常识。

那是一伙狂妄的疯子。”
她大出了一口气。

“可是梅蒂和安妮不知道。”
我妈翻了翻眼睛。
我不知道梅蒂和安妮有了这番遭遇后
还会不会来我的生日聚会。
她们有可能因为生气而不来了。

看到新闻上报道他们疯狂的集会，
还有人乱扔东西，我真的很害怕。
我在心里为她俩的团体被解散而高兴，
我能感觉到自己在微笑。
天哪，我竟会这么刻薄。
我怎么会这样呢？

83.

可是梅蒂和安妮为我做了一个最好的生日蛋糕，
让我没法不被感动。
那天天气热得好像一切都融化了，
整个城市静止不动，
街上的消防栓都在放水
给孩子们降温。

梅蒂和安妮给我带来六个写着"耶稣爱你"的气球，
整整一个下午它们都在房间的顶部飘浮着。
"我们仍然相信。我们现在比什么时候都更爱主了，
对吧，梅蒂？"安妮一边说着，一边把气球
慷慨地塞进我的手里。梅蒂说她也是。

巧克力奶油化了，
从上面塌了下来。每扇窗户都开着，
外面雾蒙蒙的。
拥挤的冰箱滴着水，喘着粗气。
露娜和"大脑细胞"小组的同学来了。他们带了吃的，
也带来了他们的好心情。
露娜竟然说："你家的房子很漂亮。"

她指的是我妈做的窗帘。

忽然间我意识到，有一天我可以跟她讲乔迪的事。

也许是在上暑期科学课的时候，也许在公共汽车上。

道格带了一打纸帽子和哨子之类生日聚会用的小玩意儿，

还有一个又大又甜的西瓜。

"准医生"用叉子碎冰的时候，

把手指弄破了。

他很会处理这种情形，没把血洒到洗手池外边。

接着乔莉的瑞奇来了，

他就是那个神奇地教会了杰瑞米识字的人。

在这酷暑的天气里，他和其他人一样穿着短裤。

我看见他左胳膊的上部文着"乔莉"两个字。

我想着可怜的乔莉的厄运，

不知道他会不会有一天想把它磨掉。

他用手推车推着吉莉，

杰瑞米走在车的一边，像个大男孩。

他用那双眼镜后面的大眼睛，

审视着屋里的每一张新面孔。

他看到了我从慈善商店里给他买的

玩具卡车，已被我洗得干干净净。

于是，他拿着玩具坐到了地板上，

那副样子自然极了，好像他们本来就在一起。

乔莉有了恋情，对象就在眼前。

而我只有一件被剪坏了的舞会裙，放在壁柜里。

瑞奇从地上抱起吉莉，举着她，

让她去抓那些聚会上的彩带和西瓜。

乔莉告诉我她是怎么遇到瑞奇的：

一天她带着孩子走过一片公共草地，

瑞奇正在那儿修剪草坪，整理花园。

"我得不停地央求杰瑞米跟上，

边走边对他说：'杰瑞米，你快点儿啊。'

你知道的，路边有什么小东西他都要过去看。

就在这时候，瑞奇出现了。

他蹲在种着花的土地上，好像在拔草。

他说道……

嘿，还是你接着告诉她吧。"

乔莉用肩膀碰了碰瑞奇。

"噢，我只是说，让这个小家伙看看这些花吧，

就这些。"他没再多说。

他站在那儿，晃着吉莉，

用衬衫擦着从吉莉嘴边流下的西瓜水。

乔莉说："他就是这样，

从来都不会大声说话。"乔莉，

这位勇敢面对生活的小英雄，

微笑地看着擎起吉莉双腿的那副胳膊。

这位瑞奇也有十分稳重的双臂。

他一只手就能把小孩的手推车折好。

他就像是乔莉的避难所。对，就是避难所。

的确，我以前没有想到过这个词。

接着帕特里克走了进来，

他就是那个我曾经笑话过的男孩。

他给我带了一束最美艳的花，满满的一大捧。

这和恶心的莱斯特送的那种花可不一样。

帕特里克给每种花都挂上标签，写上植物学名称。

我把它们放在我爸爸的陶瓷花瓶里。

我不知道有谁能读出这些词来：

Giganticuaerulea，clusiana，spiraea thunbergii.

我也不知道它们的拼写是否正确。

露娜看到这些花，叫了起来：

"哇，拉芳！"我把帕特里克介绍给她。

突然，我觉得这很像大人们的聚会：这是露娜，

这是帕特里克。他们彼此打了招呼，

露娜还握了帕特里克的手。

她看着他，很感兴趣的样子。

"这就是帕特里克？那个科学统考得了名次的帕特里克？

那个人就是你？"

帕特里克装作没听见，把脸转向了别处。

"是啊，他就是那个人。"我说。

"就是你！哇，帕特里克。"

每个来参加我生日聚会的客人

都在吃着瓜果和薯片，大家说

我妈做的那一大堆土豆沙拉

是他们吃过的最好的。

我妈则恪守诺言，

一直没在聚会上露面。

"大脑细胞"小组的几个人，

在我吹灭十六根蜡烛时，发出了最响的欢呼声。

杰瑞米和我一起把蜡烛吹灭的时候，从他坐的厨房凳子上

往蛋糕靠过来，好像希望这也是他的生日。

梅蒂和安妮笑眯眯地听着

大家说她们做的蛋糕有多么好吃。

这一周里，她们的团体出了那么多乱七八糟的事，

她们俩每天下午都无所事事。

眼前的这一切，大概是她们这一周里最好的一件事了。

她们在吃东西前先做了祷告。

她们闭着眼睛，合起双手，好像她俩在一间密室里，

把我们都留在了外面。

吉莉满屋子走来走去，跟大家示好。

"准医生"把她放在肩膀上，绕着桌子走着。

她的头不时地碰到浮在空中的那些"耶稣爱你"的气球，

她那光着的小脚丫，随着大家有节奏的掌声

敲打着"准医生"的前胸。

我一直在想，我似乎也是个正常人，

办着生日聚会，过着真实的生活。

可是我的卧室里有一枝干枯凋零的玫瑰花。

我不好意思讲它的来历。

不过，我还是把它像一面旗帜那样保存在那儿。

大家给我送了礼物。

尽管我没有要求，他们还是准备了。

梅蒂和安妮的礼物包得很好。

外面系着十个花结和彩带，

里面是一本封面带烫金字体的圣经，

还有一本小书，叫《周六晚上我与主约会》。

我用我们之间惯用的方式谢了她们。

她们的礼物是发自内心的。

厨房的凳子拉得离餐桌很近。

杰瑞米坐在上面，

用蜡笔在"准医生"送我的《小科学家涂色书》上涂着颜色，

那些蜡笔也是"准医生"送的，一共有六十四支。

我打开露娜和道格的礼物。

那是一顶棒球帽，上面写着

"凡是你能想到的，都是真实的"。

"把帽子转过来。"露娜说着，用手把它转了过来。

帽子的后面写着"（毕加索）"。

"那个艺术家，你知道吗？"露娜说。

我把帽子戴到头上，

道格与露娜和我一起走到洗手间照镜子，

看我戴着怎么样。

聚会的嘈杂声从房间传过来。

就连乔莉也送了我礼物。我转身看到

一包用报纸包着，系着一条红带子的东西。

包裹上面写着我的名字，

还有拼错了的"易碎"两个字。

我打开包装，里面放着一块扁平的陶瓷，

刻着两个手印，

一个小手印，另一个更小。

杰瑞米和吉莉的名字刻在

手印的下面，好像是用火柴棍写的。

我一下子记起来，我曾经多少次

从乔莉那惨兮兮的房间的墙上

擦掉他们留在上面的手印。

而现在这手印却变成了我的生日礼物。

"是瑞奇教他们做这个陶瓷片礼物的。"乔莉说。

我谢了乔莉。但是我知道她永远也不会明白

这些小手印会让我的私人卧室

变得多么美好。

84.

然后发生了一些事情。

有事情发生了。

开始一切都很简单。

我钻到桌子底下，跪在地上

用手清扫从吉莉的盘子里

掉到地上的蛋糕渣和冰激凌。

我怕它们会招来蚂蚁。

我不知道曾多少次为吉莉打扫过掉到地上的食物。

我很高兴能有这样的机会，

再次与我生活里的这位可爱的小姑娘在一起。

尽管她的妈妈很穷，运气很差，

可她却有一双健康明亮的大眼睛。

就在这时，我头顶上的说话声戛然而止，

人人都屏住了呼吸。

有人进门了，我听见了开门声。

那不是我妈。说笑的人们在中间停了一下，

然后又继续。

只是一次很短暂的停顿，

就像个简短的问号。

我在桌子下都能感觉到那片刻的紧张,

和很快恢复的轻松。只是一瞬间的工夫,就那么一小会儿。

屋子里有了新的情况。

我肯定是在桌子下朝着发出声音的方向转了过去。

那双已经牢牢印在我脑子里的赤脚和大腿

就在我的脸前;

我永远也忘不了那两条腿,

以及上面每一块肌肉的曲线和角度。

这时一个声音说话了,是杰瑞米的:

"拉蹦在下面那儿,下面那儿,下面那儿。"

仿佛一支歌般压倒了所有的声音。

我好像在看慢镜头的电影,

看着那双腿打了弯,再蹲下来。

我从桌子底下,往前直视着

乔迪的面孔,

手上抓着湿抹布,

上面满是冰激凌和蛋糕渣。

杰瑞米还在上面唱着:

"拉蹦在下面那儿,在下面那儿。"

乔迪递给我一个用粉色彩带系着的大包裹，

他直视着我的脸。

我永远也不会忘记他那双完美深沉的眼睛。

我当时可以做出很多举动。

比如把擦地的抹布丢到他脸上，

回敬他带给我的伤痛；

用垂下的桌布蒙上我的脸，

让我看不到他，

就像这几个星期我一直在做的那样；

或者用我的全身心去亲吻他。

可我只是屏住呼吸，什么也没做。他一点儿都没退缩。

他对我微微笑了一下，

把生日礼物放到我的手里。

就像随便哪个下午会发生的事。

我没法抗拒他的眼睛，我握着滴汤的抹布的手松开了，

抹布掉到了地上。我把手在短裤上擦干。

蹲在地板上，我突然意识到，

不只是因为乔迪我才陷入如此悲惨的境地。

更是因为我不肯原谅乔迪，

不想接受他自己的样子。

这样的想法就是罪魁祸首。

它让我萎靡不振。我把手放在了包裹上。

站在我周围的这些腿，这里的每一个人，

在生活中都有自己的忧伤。

但是这不妨碍他们享受快乐的时光。

"大脑细胞"小组的每个人都在努力争取进步；

帕特里克已经原谅了我；

梅蒂和安妮

即便生气，也为我烤了一个蛋糕；

吉莉用她的小脚丫踩着我额头前

的电话簿，欢蹦乱跳着；

杰瑞米在地上一边爬，一边唱着歌。

还有乔莉：她根本不知道自己的身世，

除了偶尔有些不着边际的人出现在她的生活里，

这世界上没人在乎她的存在。

乔莉，一个被人遗忘、被人抛弃的女孩，

这会儿和她那两个没有父亲的孩子一起

在笑着吃蛋糕。

而我，因为自己想要的那个男孩

不想交一个女朋友，就想去死。

我的客人们全都在

我和乔迪的头顶上说笑着。

从这些混在一起的腿上

我看到自己如此可笑。我的那些气恼和伤痛，

随着一声只有我自己能听到的喘息

而释放了出来。

罗斯博士说过：不是那个已经过去了的

可怕的时刻，不是令人恐惧的那一天，而是现在。

"我们必须做出重大的决定。"

我知道我可以继续不理乔迪，

假装自己还能改变他，

或者，我也可以放弃这种做法。

乔迪松开了捧着包裹的手。

包裹很重。我忍不住拍了它一下。

接着我解开绑在上面的彩带，

打开了包装纸，

里面是一本书。

我看到光亮的图片上是一组大理石雕像，

上面用大字写着，**米开朗琪罗**。

我翻开书，里面全是罗马教堂顶上的雕塑和绘画。

我说了声："乔迪。"这是这么长时间以来

我第一次大声叫出他的名字。

"生日快乐，拉芳！

他也是一位在天花板上画画的人。"

我的整个神经系统为之雀跃了一刻，

重又安定下来。

我能感觉到自己的那颗心，

它遗憾，又难过，又兴奋，又高兴，又紧张。

这就是我的心。

我深吸了一口气，说道："谢谢你！"

他耸了一下肩膀，又眨了眨眼。

在桌子下面，

他探过身子来，在我的脸颊上吻了一下。

我又想到了罗斯博士的话，

这回我懂了。我懂了。我懂了！

我们将驾驭的风帆

就是生活。

我把擦地的抹布留在了桌子下，

手上捧着新书，

从桌子底下钻了出来。

乔迪也像螃蟹那样爬着

退了出来。

我们一起站了起来。

我抓住了乔迪的手，

用不知道哪儿来的勇气，

大声宣布道：

"这是我的朋友乔迪。"

我握着他的手，

他也握住我的手。

就在这一刻，在我的家里，

我明白了。

我没法解释。

围在桌子边的人们又小小地惊诧了一下，

接着，"准医生"说道："嘿，乔迪，来吃点儿蛋糕。"

85.

我向四周环视一圈，

想永远记住这次生日聚会。

吉莉的脖子上挂着纸做的哨子，

头发上粘着巧克力蛋糕。

她从那堆电话簿上爬下来，

捡起了杰瑞米的玩具卡车。

她在椅子下面推着卡车走，

嘴里还模仿着卡车的声音。

吉莉一点儿也不知道，

去年的一天，她曾濒临死亡，

差点儿告别世上的一切。

我忽然明白了我为什么

不想和梅蒂一起带一只猫回来。

不只是因为猫身上的味道。更因为

那只发着咕噜声的猫本身。

你会爱上这只小生灵，

而它有可能会死。

爱是那么危险。

瑞奇给杰瑞米洗了手。

杰瑞米洗完手就坐到了"准医生"的腿上，
看我那本米开朗琪罗的新书。
"准医生"被冰碴划破的手指上还贴着胶带。
道格到冰箱里又取出一些潘趣酒，
给大家添上。

乔迪坐在厨房的那个板凳上，
和梅蒂讲着六年级时那件埃及木乃伊的事。
他们笑着回忆木乃伊的脑子怎么流出来，
边说边把手指放进鼻孔里比画。
安妮呢：
她把蜡烛从她那块蛋糕上取出来舔干净，
又把蜡烛和她的叉子并排放在盘子边。
安妮从来都是我们中最整洁的。
她和乔莉，还有露娜在一起说着话，
好像是在讲鞋的事情。
我听见她邀请露娜加入她们的团体，
但得等到他们有了新的会址的时候。
桌子边上的哨子声不停地响着，
我听不见露娜是怎么答复的。

安妮从远处看着我，用我们之间的暗语，

用她的眼睛和脑袋对我问道：

"你没有邀请乔迪！

他是临时到你的生日聚会来凑热闹的！"

我用我的眼睛和脑袋回答她说：

"对，安妮，他是临时赶来的。他是我的朋友。"

那本书得花多少钱啊。

那可是乔迪用上大学的钱给我买的。

亲爱的上帝，我什么时候才能懂得这个世界？

我爸爸的花瓶里，插着那些挂着长长拉丁文标签的花。

那是帕特里克送的。

我曾经惩罚了他那么长时间，

就因为他不是乔迪。我走到他的身边。

他正站在那儿看瑞奇和吉莉在地板上玩。

我说："帕特里克，我很喜欢那些花儿。"

他说："我觉得你会喜欢的。"

帕特里克来来回回地看我和乔迪。

我可以想象，他能看出我的心为什么不正常。

他的脑子那么聪明，我敢说他明白。

这整件事多么让人无地自容啊。

我去厨房取海绵，

擦洗墙上那些

吉莉抹上的巧克力蛋糕印。我妈回来前

我必须得擦掉。

我知道有一天我应该打开

挂在我房间里的那枝凋零玫瑰上的卡片，

看那上面写了什么。

我把海绵沾上肥皂水，

走向墙边。

杰瑞米正戴着我的那顶新帽子，

用他自己的调子唱着："拉蹦，祝你生日快乐。"

这个聚会对穷途末路、绝望透顶的我来说，

简直就是个奇迹。

我的壁柜里还挂着那件被我剪坏的舞会裙子，

房间里还放着那个烂掉的橘子。

杰瑞米走过来，用他的胳膊抱住我的腿。

他把头贴在我的大腿上，晃悠着。

我看了乔迪一眼，乔迪也看了我一眼。

在这一瞬间，

我们俩重归于好，尽释前嫌。

这就是故事的结局。

我睁大双眼，尽情地享受着这个美好的生日聚会，

觉得我可以接受我的生活了。

我在心底悄声说道：

老爸，你的女儿十六岁了，

你觉得怎么样？

图书在版编目(CIP)数据

柠檬的滋味 / (美)弗吉尼亚·E.伍尔芙著 ; 刘丽
明译. —— 海口：南海出版公司，2019.6
ISBN 978-7-5442-9578-9

Ⅰ. ①柠… Ⅱ. ①弗… ②刘… Ⅲ. ①长篇小说－美
国－现代 Ⅳ. ①I712.45

中国版本图书馆CIP数据核字(2019)第050062号

著作权合同登记号 图字：30-2019-073

TRUE BELIEVER by Virginia Euwer Wolff
Text copyright © 2001 by Virginia Euwer Wolff
Simplified Chinese translation copyright © 2019 by ThinKingdom Media Group Ltd.
Published by arrangement with Curtis Brown Ltd.
through Bardon-Chinese Media Agency
ALL RIGHTS RESERVED

柠檬的滋味

〔美〕弗吉尼亚·E.伍尔芙 著

刘丽明 译

出 版	南海出版公司 (0898)66568511	
	海口市海秀中路51号星华大厦五楼 邮编 570206	
发 行	新经典文化有限公司	
	电话 (010)68423599 邮箱 editor@readinglife.com	
经 销	新华书店	

策划编辑	王 丹
责任编辑	黄宁群
特邀编辑	郑夏蕾
营销编辑	李 珊 王 玥 张 典
装帧设计	朱 琳
内文制作	杨兴艳

印 刷	北京盛通印刷股份有限公司
开 本	850毫米×1092毫米 1/32
印 张	10.75
字 数	185千
版 次	2019年6月第1版
印 次	2021年3月第2次印刷
书 号	ISBN 978-7-5442-9578-9
定 价	48.00元